Oliver Uschmann und Sylvia Witt

Meer geht nicht

Oliver Uschmann und Sylvia Witt veröffentlichen gemeinsam Jugendromane, Erwachsenenromane sowie lustige und ernste Sachbücher. Ihre bekannte Romanserie *Hartmut und ich* haben die beiden als *Hui-Welt* im Internet sowie 2010 als bewohnbare Ausstellung namens *Ab ins Buch!* aufgebaut. Das Autoren-Ehepaar lebt gemeinsam mit zwei Katern in einem Dorf im Münsterland. Neben *Meer geht nicht* erschienen bei Gulliver ebenfalls *Lange Krallen*, *Es kommt*, *Alles, was du denkst*, *Ziemlich zappenduster* und *Luftküsse aus Korea*.

Oliver Uschmann
Sylvia Witt

Meer geht nicht

Roman

GULLIVER

Inhalt

Kapitel 1
Die Tarantel in der Umkleide

„Niemand darf die Kabine betreten!"

Sharif presst sich mit dem Rücken gegen die Tür. Er reißt die Augen auf. Eines ist braun. Eines ist blau. Die Sonne steht über dem Sportplatz.

„Was ist denn da drin?", fragt Kevin.

Kevin ist der Neue. Anfang des Schuljahrs ist er mit seiner Mama in die Stadt gekommen. Einen Papa gibt's nicht. Deswegen arbeitet die Mama für zwei. Dennoch hat Kevin immer gute Laune. Er ist aber auch ein bisschen naiv. Man kann ihm viel erzählen. Besonders, wenn man darin so gut ist wie Sharif.

„Da drin ist eine exotische Spinne", keucht Sharif. „Sooo groß!"

Er hält seine Hände auseinander. Mit 20 Zentimeter Abstand. Kevin kriegt Angst. Ich muss mich zwingen, nicht loszulachen. Ich weiß, dass sich in der Umkleide keine Spinne befindet. Ich war schon drin, auf dem Klo. Alles, was in einem Raum ist, kann ich mir merken. Welche Schuhe rumliegen. Wie die Tür klingt, wenn ihr Rand über den Boden kratzt. Wie die Sportsachen riechen. Manche waschen sich nur selten. Deren Klamotten stinken nach einer Mischung aus Maggi und alter Fleischwurst.

„Komm, mach die Tür auf", sagt Bina. Sie ahnt, dass Sharif nur spielt.

Wir drei sind beste Freunde seit der Grundschule. Aber Bina durchschaut Dinge besser als Menschen. Sie kann alles reparieren. Einmal tropfte der Wasserhahn in unserem Klassenraum. Tagelang. Der Hausmeister kam einfach nicht. Da brachte Bina eine Rohrzange mit. Sie reparierte den Hahn vor den Augen der Klasse und unserer Lehrerin. Als sie fertig war, blieb es ganz still. Dann fing Sharif an zu klatschen. Alle stimmten mit ein.

„Eine Tarantel!", ruft Sharif vor der Tür der Kabine. „So heißen die! Jetzt fällt es mir wieder ein!"

Ich erinnere mich an Sendungen über diese Tiere. Haarig und knorrig zugleich. Wie eine Filzkugel mit alten Ästen als Beinen.
Kevin macht einen Schritt zurück. Bina greift nach der Klinke.

„Das *Aquarium*!", ruft Sharif. „Die verkaufen

auch Spinnen. Das ist von hier aus nur 800 Meter entfernt! Die ist bestimmt da entkommen!"

Kevin zittert. Bina zieht die Hand von der Klinke: „Jetzt hör doch auf! Da ist doch keine Tarantel drin!"

Sharifs Mundwinkel zucken, aber er setzt noch einen drauf: „Das ist schon mal passiert. In Leutbach. Eine Tarantel ist aus ihrem Glaskäfig in einer Privatwohnung entwischt. Das Tier krabbelt runter zu den Nachbarn. Die haben das Fenster auf Kipp. Ganz harmlos sitzen die auf ihrem Sofa – da fällt ihnen das Vieh auf den Kopf!"

Leutbach gibt es gar nicht. Und Taranteln können nicht an der Decke krabbeln. Sie sind zu schwer dafür. Aber das Bild ist krass.
Kevin kriegt endgültig zu viel. Kreischend läuft er davon. Er rennt ein paar unserer Mitschüler über den Haufen. Bina starrt mich an. Eigentlich kann man ihr nichts vormachen. So was schafft nur

Sharif. Er will tatsächlich Schauspieler werden.
Einmal hat er uns einen Film aus Tunesien gezeigt.
Da kommen seine Eltern her. Die meiste Zeit
wurde geredet. Hin und wieder blieb die Kamera
lange auf einem Bild. Einem Hauseingang, aus
dem keiner kommt. Einem Skorpion im Sand. Es
war seltsam. Wie ein Traum, wenn man Fieber
hat.

Bina sagt: „Du verarschst uns doch wieder."

Neben der Tür hängt ein Schild, auf dem
steht: „Wer den Schiedsrichter beschimpft oder
beleidigt, wird von der Sportanlage verwiesen!"
Ich habe es schon fotografiert und gepostet.
Mein Kanal heißt *Schilder-Dschungel*. Mein
Lieblingsschild hängt hinterm Baumarkt. Es zeigt
ein pinkelndes Männchen. Es ist durchgestrichen.
Darunter steht: „Urinieren verboten".

Sharif gibt die Tür frei: „Okay, sieh selber nach!"

Bina kann nicht glauben, dass sie sich unsicher ist. Sharif hat ihr erfolgreich ein Bild in den Kopf gepflanzt.

Von hinten ruft unser Sportlehrer: „Was ist denn da los? Wieso liegen hier meine Schüler auf dem Boden herum? Und wieso läuft Kevin gerade davon wie von der Tarantel gestochen?"

Ich kann nicht glauben, dass er das so sagt. Wie von der Tarantel gestochen! Jetzt pruste ich wirklich los. Daraufhin fängt auch Sharif an zu lachen. Er lacht sich kaputt, bis die Tränchen kommen. Japsend öffnet er die Tür der Umkleide.

Bina sagt: „Du Mistkerl!"

Sie schimpft zwar, aber eigentlich sagt sie: „Wow! War das gut gespielt!"

Kapitel 2
Der trübe Teich

Es gab mal eine Zeit, da haben Familien mittags zusammen gegessen. In einem alten Buch habe ich ein Foto gesehen. Meine Eltern kümmern sich den ganzen Tag um ihren Laden. Sharifs Vater bastelt bei einer großen Firma an neuen Autos. Nicht am Fließband, sondern am Computer. Er entwickelt Elektro-Fahrzeuge. Das muss er den Leuten oft erklären. Die meisten glauben, er sei einfacher Arbeiter. Sharifs Mutter hat alle Hände voll mit seinem kleinen Bruder Mehdi zu tun.

Bina hat keine Mama mehr. Sie starb vor zwei Jahren. Ein Lkw-Fahrer übersah sie auf ihrem Fahrrad. Man kann das nicht glauben. Da sitzt du eben noch auf deinem Rad. Die Sonne scheint, es riecht nach Sommer, aus einem Café dudelt Musik. Und im nächsten Augenblick bist du weg. Weg aus dieser Welt. Wo, das weiß ja keiner. Im Himmel? In einem neuen Leben? Oder doch einfach nirgendwo? Seither lebt Bina mit ihrem Papa allein. Auch er macht mittags kein Essen. Er verkauft Landmaschinen und kaut belegte Brote an seinem Schreibtisch.

Da also niemand mit uns isst, gehen wir neuerdings zu Kevin. Tagsüber hilft seine Mutter im Tierheim. Abends schiebt sie in einer Gaststätte Gläser über die Theke. Am Wochenende kaufen beide billig Sachen auf dem Trödelmarkt und verkaufen sie teurer im Netz weiter. Bei Kevin sitzt also auch kein Erwachsener mittags am Esstisch. Aber: Kevin kocht. Keine Fertigpizza. Kein Curry King. Kevin kocht frisch, so wie früher die Familie auf dem alten Foto.

Kevin schließt die Wohnung auf. Er wirft den Schlüssel auf eine Kommode. „Was haltet ihr von würzigen Kartoffeln?", fragt er. „Im Ofen? Mit Rosmarin und Öl?"

Auf dem Weg zur Küche schaltet er die Musikanlage ein. Ein altes Teil, das noch mit CDs läuft. Die Musik klingt fröhlich. Sie wippt auf und ab wie Palmblätter im Wind.

„Was ist das?", frage ich.

Kevin ruft aus der Küche: „Das heißt Reggae. Das hören Mama und ich immer." Kevin öffnet eine Schublade und wirft ein Netz Kartoffeln auf den Tisch. „Schält jemand mit?"

Sharif setzt sich zu ihm. Der Tisch wackelt. Bina trägt ein Multi-Werkzeug am Gürtel. Wie Soldatinnen eine Waffe. Sie legt sich unter den Tisch und zieht die Schrauben fest.

Die Wohnung liegt in einem sehr alten Haus. Das meiste davon bewohnt der Vermieter.

Die drei Zimmer von Kevin und seiner Mum wirken wie zusätzlich gewachsen. Sie kleben am Haus wie ein Knubbel an einem alten Baum. Auf dem Boden im Flur stapelt sich Wäsche.

Bina sagt unter dem Küchentisch: „Wenn ich die Beine wieder festmachen soll, brauche ich einen Schlüssel für große Muttern."

Ich schaue mich um. Am Ende der Wand stehen Kartons mit Trödel vor einer Tür.

„Wo geht's denn hierhin?", rufe ich.

„In den alten Garten!", antwortet Kevin. „Ist noch nicht fertig!"

Ich räume die Kartons beiseite. Aus einem quellen die grauen Kabel einer alten PlayStation. Ich trete hinaus.

Wow.

Das hätte ich nicht vermutet. Hinter dem Haus wächst eine Wildnis. Die Disteln stehen zwei Meter hoch. Sie blühen sogar. In einer Ecke liegt ein Teich. Das Wasser ist eine trübe Brühe. Allerdings – rundherum hat jemand Sand aufgeschüttet. Wie am Strand. Neben dem Teich steht eine windschiefe Hütte.

Bina taucht hinter mir auf.
„Meinst du, da drin gibt es einen 12er-Schlüssel?"

Ich liebe es, wenn sie so redet. Meine Eltern verkaufen auch Werkzeug in ihrem Laden. Kein Junge aus unserer Klasse wüsste, wozu man das alles braucht. Bina weiß es. Schon immer beobachte ich gerne, wie ihre Hände etwas reparieren. Aber seit der achten Klasse ist irgendwas anders. Immer öfter wünsche

ich mir, ich wäre ein Tisch oder ein kaputtes
Waschbecken. Damit ihre Hände mich berühren.

„Was macht ihr denn da?"
Kevin tritt nach draußen, Öl an den Fingern.

„Was ist das?", frage ich.

„Das ist mein Strand", sagt Kevin. „Alles
noch nicht fertig. Den Sand hole ich mir von
Spielplätzen."

Bina öffnet den alten Schuppen. Seine Tür hängt
im Scharnier wie ein fauler Zahn. Drinnen gibt es
kein Werkzeug. Dafür eine Matratze und Bücher
über die Seefahrt. An den Wänden hängen Poster
von Stränden.
Sharif steht jetzt auch im Garten. „Was ist das
denn für eine Kloake hier?", ruft er aus. „Da
kriegt man ja Ausschlag."

„Beleidige nicht meinen Teich!", sagt Kevin.

„Wieso hast du die Hütte mit diesen Postern gepflastert?", frage ich.

„Wieso nimmst du keinen Sand von echten Stränden mit?", fragt Bina.

Kevin schaut uns an. Er schüttelt den Kopf.

„Wisst ihr was? Ihr könnt auch woanders essen."

„Was ist denn los?", fragt Sharif.

So zornig haben wir Kevin noch nie erlebt. Es passt auch nicht zur Musik.

„Ja, Scheiße", schimpft Kevin. „Wieso hole ich mir meinen Sand nicht vom Strand? Ich war eben noch nie am Meer!"

Er schlägt einer Distel die Blüte ab. Winzige violette Fäden wirbeln durch die Luft.

Bina flüstert als Erstes: „Du warst noch nie am Meer?"

„Nein." Jetzt klingt Kevin eher traurig als wütend. „Fürs Reisen haben wir entweder kein Geld oder keine Zeit. Ist Geld da, fehlt die Zeit. Ist Zeit da, fehlt das Geld."

Bina sagt: „Das geht nicht! Dafür ist meine Mama nicht gestorben!"

Jetzt schauen wir alle sie an.

„Das Leben kann jeden Moment vorbei sein", sagt sie. „Für jeden von uns!"

Sharif senkt den Kopf. Kevin schaut zum Teich. Ich frage mich, ob ich sie in den Arm nehmen sollte. Aber sie wirkt nicht wie ein Mädchen, das getröstet werden muss. Eher wie eines, das die Ansagen macht.

„Wir bringen dich ans Meer, Kevin!“, sagt sie. „Noch an diesem Wochenende!“

Sie blickt zu mir und Sharif. Ich sage: „Ja genau!“

Kapitel 3
Nahkämpfe

„Jetzt am Wochenende?"

Mein Vater guckt mich ungläubig an. Als hätte ich gefragt, ob wir mal eben auf die ISS fliegen können. Dabei wollen wir doch nur an die Nordsee.

Zwischen den Regalen steht ein großer Mann mit weißen Haaren. Kevin und Sharif sind draußen auf dem Hof. Sharif zeigt ihm, wie man einen 2-Meter-Zaun überwindet. Bina hat eine Holzschraube von der Marke mit den grünen Schachteln in der Hand.

Sie schwärmt: „Das sind die besten. Siehst du diese winzigen Widerhaken? Damit ziehen sie sich ins Holz wie ein gieriger Wurm. Und die Riefen am Kopf stoppen sie."

Ich wende mich wieder meinem Vater zu: „Ostsee geht auch!"

Mein Vater bleibt hart: „Ob Nord, ob Ost: Meer geht nicht!"

Er beobachtet den Kunden. Der Mann trägt eine sandfarbene Hose. In den Schlaufen steckt ein Stoffgürtel. Er ist bunt wie ein Regenbogen. Einige der weißen Haare stehen ab, als hätten wir Strom in der Decke.

„Dann fahren wir nur am Sonntag und am Pfingstmontag. Da ist der Laden zu! Damit Kevin einmal am Meer war."

Mein Vater will zu dem Kunden. Ich halte ihn fest. „Papa? Antworte mir wenigstens. Kinder, die ignoriert werden, kriegen später Störungen."

„An Pfingsten müssen wir ganz dringend die Buchhaltung machen."

Ich seufze. Diese Erfindung der Erwachsenen ist echt bescheuert. Sie müssen ganz genau notieren, was mit ihrem Geld passiert. Andere Erwachsene im Amt bestimmen dann, wie viel davon sie dem Staat abgeben müssen. Meine Mutter sagt, das sei sinnvoll. Der Staat baut davon Schulen und Straßen und Schwimmbäder. Aber wenn meine Eltern zwischen den Papierbergen sitzen, gucken sie nicht glücklich. Eher so, als wollten sie den Typen im Amt kopfüber in seinen Schreibtisch rammen. Wie ein Wrestler.

Mein Vater fragt den Kunden, ob er ihm helfen kann.

„Sie hatten mal Stifte für Holz. Um Macken zu übermalen", sagt der.

Über dem Kopf meines Vaters sehe ich Fragezeichen. Mein Geist rast mit der inneren Kamera durch den Laden. Nach ein paar Sekunden stoppt sie ganz hinten rechts. Wo es seit Tagen streng riecht. Als sei ein Tier in den Leitungen gestorben.

Ich wende mich wieder an Bina: „Kannst du bitte deinen Vater fragen?"

„Das bringt nichts. Er muss an den Wochenenden auf Volksfeste gehen und mit seinen Kunden reden. Er sagt: Ein privates Bierchen trinken. Die kaufen seine Landmaschinen nur, wenn sie ihn mögen."

Ich rolle mit den Augen.

Bina sagt: „Ja, ich find's auch doof.

Obwohl du in so einer Schützen-Uniform gut
aussehen würdest."

Ich schubse sie ein bisschen: „Jetzt hör bloß
auf!"

Sie lacht und schubst mich zurück.

Ich sage: „Versuch's wenigstens. Bitte!"

Bina macht einen Videoanruf. Wir sehen ihren
Papa auf dem Hof seiner Firma. Im Hintergrund
stehen riesige Mähdrescher. Binas Vater hat
Tattoos und eine Brille mit breiten schwarzen
Bügeln. Er trägt eine klobige Armbanduhr. Mit der
könnte man bestimmt einen Alligator abwehren,
wenn man im Amazonas schwimmt. Bina erzählt
ihm davon, dass Kevin noch nie am Meer war. Er
scheint gerührt, schüttelt aber den Kopf:

„Jetzt am Wochenende ist die Jakobi-Kirmes. Da
muss ich hin. Mit den Bauern Spießbraten essen

und gucken, wie ihre Enkel Karussell fahren. Und danach kotzen."

Bina sagt: „Du hast einen seltsamen Beruf."

Ihr Papa sagt: „Nächstes Wochenende vielleicht. Ach nein, da ist das Weinfest. Oder übernächstes. Mist, da ist das Seifenkisten-Rennen."

„Ist schon gut", sagt Bina. Sie meint es aber nicht so.

„Tut mir Leid, Süße."

Mein Vater hat dem Kunden immer noch nicht den Holzstift gegeben. Ich gehe an die richtige Schublade und gebe ihn dem Mann. Mein Vater weiß nicht, ob er stolz sein oder sich ärgern soll. Der Laden ist unübersichtlich. Mein Vater sagt immer: „Solche Geschäfte gibt es nicht mehr!" Was komisch ist, denn das würde bedeuten:

Unseren Laden gibt es gar nicht. Aber so reden die Erwachsenen.

„Hier stinkt etwas in der Ecke", sagt der nun glückliche Kunde.

„Das ist ein Rohr-Krepierer", antworte ich.

Niemand versteht den Witz.

Wir versuchen es noch bei Sharif. Sein Vater verbringt das Wochenende auf einer Tagung. Sharifs Mutter müsste also alleine mit uns und seinem kleinen Bruder fahren. Aber „Mehdi ohne Papa geht nicht", sagt Sharif.

„Seht es euch selber an."

Mehdi tobt durch das Haus. Er spielt Krieg. Also in echt, nicht auf der Konsole. Er tut so, als würde er beschossen. Kopfüber springt er hinter den Wohnzimmertisch. Fernbedienungen krachen herunter. Die Batterien kullern über den Boden.

„Mehdi, nein!"

Die Befehle von Sharifs Mutter verpuffen in der Kriegsluft. Auf Papa hört er, sagt Sharif. Und wenn Oma und Opa zu Besuch sind, kann Mehdi stundenlang *Memory* spielen. Mehdi taucht hinter dem Tisch auf und feuert zurück. Er macht die Geräusche der Waffe nach. „Tuck, tuck, tuck, tuck!" Es fliegt Spucke. Er legt das Gewehr ab. Seine linke Hand hält er jetzt so, als wäre darin eine Birne. Er führt sie vor den Mund. Dann tut er so, als wenn er etwas zwischen die Zähne steckt. Ruckartig zieht er die Hand weg.

„Ah, ich verstehe", sagt Bina, „eine Handgranate."

Kevin kichert.

Mehdi wirft das explosive Ei über den ausgedachten Feindhügel.

„Bumm!!!"

Sharif sagt: „So geht's den ganzen Tag."

Seine Mutter tippt auf ihrem Smartphone herum. Es steckt in einer Hülle aus schwarzem Leder. Auf der Hülle sind goldene Buchstaben von einer teuren Modemarke. Wenn sie nicht gerade zu Mehdi guckt, guckt sie aufs Telefon. Woanders hin guckt sie nie.

„Wir könnten doch in den Dünenkönig", sagt Sharif zu seiner Mutter.

Davon hat er uns schon mal erzählt. Es ist ein 5-Sterne-Hotel an der Nordsee. Überall hat es Marmorboden und zu essen gibt es sogar Hummer.

Mehdi ändert seinen Spielmodus. Er geht in den Nahkampf über und prügelt sich mit einem Fantasie-Gegner. Die Mama wischt auf dem Glas ihres Telefons herum. Sie sagt: „Und dann wirft sich dein Bruder morgens ins Frühstücks-Büfett?"

„Wir könnten Oma und Opa fragen."

„Die haben am Wochenende ihr Minigolf-Festival. Die können auch nicht mal eben in den Dünenkönig."

Kevin sagt: „Mama und ich gehen öfter in den Dönerkönig. Das klingt wenigstens ähnlich." Mehdi kriegt Probleme. Sein Gegner würgt ihn. Mehdi hat die Hände an beide Seiten seines Halses gelegt. So als ob er die groben Pranken wegschieben will. Der Bösewicht scheint groß zu sein wie Hellboy.

„Aber stellen Sie sich das doch mal vor, Frau Hakimi", versuche ich es.

„Der nasse Sand unter den Füßen. Der rauschende Schaum. Das Salz in der Luft. Kevin durfte das noch nie erleben."

Das erste Mal nimmt Sharifs Mutter das Telefon herunter. Fast wirkt sie erstaunt, wie viele Jugendliche in ihrem Haus stehen. Für einen Augenblick wird ihr Blick weich. Der Hellboy schleudert Mehdi gegen das Bücherregal. Bildbände fallen aus den Fächern.

„Mehdi, jetzt reicht es!"

Ich sage: „Was soll er machen, wenn Hellboy ihn würgt?"

Sharifs Mama blickt mich verwirrt an. Dann findet sie wieder Halt in ihrem Handy. Mehdi sinkt erschöpft zu Boden und spielt tot.

Kapitel 4
Insekten im Bart

Es hilft also nichts. Wenn Kevin dieses Wochenende ans Meer soll, fahren wir ohne Eltern. Den Plan dazu schmieden wir in der Mall. Das große Einkaufszentrum ist nur halb überdacht. Über die kreisrunde Imbisszone spannt sich ein Zelt aus Glas und Stahl. Aus der Tür des Teeladens duftet es nach Pfirsich, Vanille und Flieder.

Sharif sagt: „Wir müssen das Zugticket auf jeden Fall in bar kaufen. Und alle Telefone zu Hause lassen."

„Wie bitte?", frage ich. „Was mache ich, wenn

ich tolle Schilder sehe? Wie soll ich die dann posten?"

Bina sagt: „Ich brauche meine Videos von *My Mechanics*." Das ist ein Kanal, auf dem sie alte, rostige Dinge restaurieren. Sharif schüttelt seinen schwarzen Haarschopf: „Ich habe die besten Playlists bei Spotify. Die pflege ich jeden Tag. Aber wir müssen schlau vorgehen."

Kevin fragt: „Wegen Julian?"

Sharif schnippt mit den Fingern: „Exakt!"

Bina runzelt ihre süße Stirn: „Julian? Der Rothaarige aus der 9b?" Wie sie das fragt. Mag sie den etwa? Oder warum achtet sie auf seine Haarfarbe?
„Was ist mit dem Typen?", frage ich.

Sharif erklärt: „Hatte Stress. Er ist mit dem Zug nach Holland gefahren und hat dort irgendwo gezeltet. Und was sieht er da eines Morgens vor dem Eingang? Zwei Paar Schuhe und darin: seine Eltern."

„Nein!", sagt Bina.

„Die konnten sein Handy orten", erklärt Sharif. „Über eine Diebstahlsicherung im Anti-Viren-Programm."

Kevin wedelt mit seinem Gerät. Das Display hat Sprünge. Er sagt: „Zwischen jedem Bit und Byte da drin stecken die Augen unserer Eltern."

Ein Mann betritt den Teeladen. Sein Bart wirkt wie aufgemalt. Die dünne Frau hinter der Theke zieht eine Schublade auf. Mit einer kleinen Schaufel füllt sie losen Tee ab. Der Filzstiftbart zahlt mit Karte.

„Wenn wir auf unserer Reise die Handys

daheimlassen, dürfen wir auch nirgends mit Karte zahlen", sage ich. „Das kann man auch verfolgen."

„Alles Digitale muss weg", sagt Sharif.

„Was sagen wir unseren Eltern, wo wir sind?", fragt Bina.

„Bei mir", sagt Kevin. „Ihr sagt, wir zelten ein bisschen im Garten. Und tagsüber machen wir Diskussionen in den Wald."

„Diskussionen?", fragt Sharif.

„Ja, wenn man gezielt Bäume gucken geht. Oder Pilze und Käfer."

„Ach, Exkursionen!", lacht Bina.

„Mein ich ja", sagt Kevin. Für einen Augenblick

wirkt er verschämt. Dann strahlen seine Augen wieder voller Tatendrang. Man sieht schon die Brandung des Meeres in ihnen.

„Und wenn unsere Eltern nachfragen?", wende ich ein.

Kevin sagt: „Haben die schon jemals mit meiner Mutter geredet?" Da hat er auch wieder recht. Unsere Eltern mögen ihn. Für mehr Infos haben sie keine Zeit. Kevin sagt: „Außerdem haben wir kein Festnetz. Nur Handys. Und meiner Mutter sage ich, ich wäre bei euch, Sam. Das klappt schon."

Der Filzstiftbart hat den Teeladen verlassen. Er trifft einen Bekannten, an dessen Kinn ein regelrechter Busch aus Haaren hängt. Es würde mich nicht wundern, wenn darin unbemerkt Insekten leben.

„Was ist, wenn wir es unseren Eltern sagen?"

Bina winkt ab: „Mein Vater erlaubt mir niemals, ein paar Tage quer durchs Land zu gurken. Er denkt, auf Bahnhöfen wird man ermordet. Vor den Zug geworfen. Und an Landstraßen wird man entführt."

Kevin nickt: „Meine Mutter sieht das ähnlich. Das liegt an ihren Jobs. Sie lernt viel zu viele Arschlöcher kennen. Menschen, die ihren Hund ins Tierheim bringen, weil er nicht mehr hört. Oder auf dem Wertstoffhof aussetzen. Einmal haben die Leute da einen kleinen Collie in einem Container gefunden. Er sprang immer wieder an der Stahlwand hinauf."

Ich sage: „Wenn wir das heimlich machen, kriegen wir richtig Ärger."

Sharif sagt: „Es ist besser, hinterher um

Verzeihung zu bitten, als vorher um Erlaubnis zu fragen."

Sharif lässt den Spruch zwischen uns stehen. Seine zweifarbigen Augen funkeln uns an. Er schaut zum runden Dach über der Imbisszone. Wahrscheinlich stellt er sich vor, darüberzuklettern. Unbemerkt von den Menschen unter ihm, die gebratene Nudeln aus China-Boxen saugen.

„Also abgemacht?", fragt Sharif.

Bina legt ihre Hand auf seine. Ich ziehe nach. Kevin sieht uns an, als seien wir verrückt und zugleich die coolsten Menschen auf Erden. Mit seiner Hand sind unsere vier komplett. Der Schwur ist geleistet. Morgen geht's heimlich ans Meer.

Kapitel 5
Saubere Gedanken

Der Plan ist aufgegangen. Wir sind offiziell bei
Kevin. Niemand hat weiter nachgefragt. Meine
Eltern waren zu beschäftigt mit dem Gestank
im Laden. Binas Papa rief nur „Okay!" aus einer
Horde von Männern. Es waren Schützen. Sie
umringten ihn in ihren grünen Jacken wie eine
Allee aus Bäumen. Sharifs Mama wurde mal
wieder von Mehdi abgelenkt. Dieses Mal spielte
er Fantasie-Fußball. Das macht er öfter. Er rennt
dann durch den Raum und tut so, als ob ihn einer
foult. Vor Schmerzen schreiend, winkt er nach
dem Schiedsrichter. Einmal stand das Jugendamt
vor der Tür. Die Nachbarn dachten, Mehdi würde
geschlagen.

Im Zug haben wir einen Vierersitz für uns. Bina zieht eine Schraube an der kleinen Müllbox fest. Diese grauen Dinger aus Metall, bei denen der Deckel so laut knallt. Kevin verteilt saure Gummis. „Danke, dass wir das machen", sagt er. „Ich kann das Meer schon riechen."

Ein altes Ehepaar sitzt auf der anderen Seite des Ganges. Sie spielen Karten. Der Mann wirkt glücklich dabei. Aber seine Frau will immer wieder in die Zeitung gucken.

Bina fragt Sharif: „Sag mal, was willst du jetzt eigentlich werden? Schauspieler oder Kletterer?"

Sharif sagt: „Am besten beides. Ein Star, der all seine Stunts selbst macht. Es gibt geile Kletterfilme. Habt ihr *Skyscraper* gesehen? Mit The Rock? Der Wahnsinn. Klar, der ist nicht wirklich von einem Baukran in einen

Wolkenkratzer gesprungen. Aber wie das aussah!"

Kevin mampft ein blaues Gummi: „Ama alf Faupieler bifft hu ber fahwin!"

„Was?"

„Aber als Schauspieler bist du der Wahnsinn. Die Tarantel in der Umkleide habe ich dir geglaubt."

Sharif grinst zufrieden.

Kevin sagt: „Erzähl mal was, und wir müssen raten, ob es wahr ist."

Sharif überlegt kurz. „Gut. Okay. Hmm ... ja, die andere Story von Julian. Nicht die mit der Handy-Ortung. Obwohl, die kann ich mir sparen. Da weiß ja jeder, dass die stimmt."

„Nein, wieso?", fragt Kevin. „Welche denn?"

„Dass ein Zombie ihm fast sein linkes Auge zerschlagen hat?"

Bina schüttelt den Kopf: „Ein Zombie. Ja, sicher."

„Kein echter natürlich. In diesem Filmpark im Ruhrgebiet. Da spielen Darsteller die Zombies von *The Walking Dead*. Julian hat Panik bekommen und ist mit einem Feuerlöscher auf den Schauspieler losgegangen."

Jetzt schüttelt Bina den Kopf nicht mehr.

„Der Darsteller hat sich gewehrt. Kevin bekam seinen eigenen Feuerlöscher ins Gesicht. Aber die Story zählt nicht. Die stand ja sogar in der Zeitung."
Bina greift in die Seitentasche ihrer Outdoor-Hose. Sie sagt: „In welcher Zeitung?" Dann merkt sie, dass wir keine Telefone haben.

Kevin sagt: „Irre. Und jetzt erzähl eine Geschichte, von der wir nicht wissen, ob sie stimmt."

Sharif wartet eine Sekunde. Schließlich bricht das Lachen aus ihm heraus. Bina stößt ihn in die Seite: „Schon wieder!"

Kevin kann nicht ganz folgen: „Was?"

Bina sagt: „Na, die Story war auch Fake! Wir sind auf Sharif reingefallen. Weil die Geschichte angeblich jeder kennt und darum nicht zählt."

Sharif sagt: „Diese Technik nenne ich *Vorkleben*. Ist meine Erfindung."

Die Frau gegenüber legt ihre Karten ab und greift nach der Zeitung.

Der Mann sagt: „Conny, wie lautet unser Motto? Saubere Gedanken!"

Die Frau sieht ihn ärgerlich an: „*Dein* Motto. Nicht *unser* ..."

Kevin sagt zu Sharif: „Aber Erwachsene kannst du nicht verarschen."

Conny hört nicht auf ihren Mann. Sie blättert in der Zeitung. Dabei guckt sie immer finsterer. Sharif beugt sich herüber: „Verzeihung? Da Sie gerne Nachrichten lesen ... stimmt das eigentlich, dass der Trump in den Schweizer Bergen Soldaten platziert hat? Weil die Schweiz sich entscheiden soll, ob sie für oder gegen ihn ist?"

Die Frau kriegt Flecken im Gesicht. Donald Trump ist momentan der Präsident der USA. Man muss nur seinen Namen nennen und die meisten

Erwachsenen flippen aus. Zumindest die, die Zeitungen lesen.

„Soldaten?", quietscht die Frau. „In der Schweiz? Das kann doch nicht wahr sein! Was will sich dieser Irre noch herausnehmen?"

Sharif grinst. Die Frau merkt wirklich nichts. Kevin staunt. Der Mann sagt: „Hört auf damit. Ihr alle! Saubere Gedanken!"

Bina fragt: „Was soll das eigentlich heißen?"

Der Mann sagt: „Na, wenn man sich auf das Schlechte konzentriert, geht's einem schlechter. Deswegen soll meine Conny keine Nachrichten lesen."

Bina sagt: „Aber das Schlechte findet doch trotzdem statt."

„Aber wenn wir ihm Beachtung schenken, wird es mehr!", sagt der Mann.

Bina sagt: „Tiere sterben. Menschen sterben. Sogar Mütter können sterben. Werden Sie zu Ihrer Mama gehen, wenn Sie stirbt? Oder sagen Sie: Damit muss sie alleine klarkommen. Ich brauche saubere Gedanken."

Mittlerweile gucken alle. Conny scheint es zu gefallen, wie Bina mit ihrem Mann spricht. Der fuchtelt mit den Händen: „Die Welt ist nicht schlecht und wir reden darüber. Es ist umgekehrt! Wir reden schlecht und das schadet der Welt. Alle meckern immer, dass die Bahn zu spät kommt. Aber sie kommt zu spät, *weil* alle meckern. So rum läuft das!"

„Schwachsinn!", ruft jemand ein paar Sitze weiter.

Conny steht auf: „Niemand beschimpft meinen Mann außer ich!"

Der Mann greift nach ihrem Unterarm: „Schatz, setz dich wieder. Lass sie reden. Es heißt übrigens: Außer mir."

„Bitte?"

„Niemand beschimpft meinen Mann *außer mir*! Nicht *außer ich*."

„Ja, sag mal, Bernd. Da setze ich mich für dich ein und ..."

Bina sagt: „Sie glauben also, dass unsere Gedanken die Welt machen?"

„Ja, sicher", antwortet der Mann. „Wahrscheinlich wird heute noch irgendwo wegen euch ein Hund überfahren. Oder der Zug erreicht sein Ziel nicht. Ihr werdet es sehen!"

Beleidigt packt Bernd die Spielkarten zusammen. Der Zug rattert vor sich hin. Kevin holt seine zweite kleine Cola heraus. Kaum hat er sie aufgedreht, fliegt sie ihm aus der Hand. Sie kullert in den Gang und zieht eine Spur aus zischendem Blubber hinter sich her.

„Was ist los?", fragt Sharif.

Die Bremsen quietschen. Der Lautsprecher knackt: „Aufgrund von umgestürzten Bäumen auf den Gleisen ist dieser Zug zum Stillstand gekommen. Bitte warten Sie auf weitere Ansagen. Steigen Sie nicht aus. Es kommen Busse, um Sie zum nächsten Bahnhof zu bringen."

Bernd sagt: „Da habt ihr es! Wegen euren unsauberen Gedanken ist die Reise zu Ende!"

Wir alle starren ihn ungläubig an.

Kapitel 6
Die verlorene Tochter

Die Busse bringen uns zu einem Bahnhof, den der Zug nicht angefahren hätte. Die Menschen stolpern durcheinander wie aufgescheuchte Ameisen.
Alle vier greifen wir in die Hose. Aber – keine Handys.

„Wir müssen die Verbindung an einem Automaten rausfinden", sagt Bina.

Wir schauen uns um. Vor jedem der roten Kästen steht eine Traube von Menschen. Kevin zeigt zum Service Center. Zwölf Schalter mit echten Angestellten dahinter. Hier warten auch viele Reisegäste. Aber immer nur einer steht vor den Schaltern. Sharif geht zu einem hin und stellt sich an.

„Hey, Junge", blafft ihn ein Mann an. Er sitzt auf einer der Wartebänke. Auf seinem Kopf wachsen nur wenige Haare. Seine Brille ist klebrig und verdreckt. Er zeigt auf einen Bildschirm über dem Schalter. Darauf steht eine Nummer. Na toll. Man muss hier Nummern ziehen.

Sharif sagt: „Ich heiße nicht Hey, sondern Sharif."

Der Mann murmelt: „Ja, ja. Geh dahin zurück, wo du herkommst."

Sharif sagt: „Wie bitte?"

Der Mann winkt ab: „Du hast mich schon verstanden."

Sharif baut sich vor der Wartebank auf. Der Mann legt seine Hände auf die Knie und stemmt sich in die Höhe. Jetzt ragt sein Kopf über alle Leute hinaus. Wie ein Windrad über die Wälder.

Bina stellt sich dazwischen: „Lass es."

Sharif starrt den Riesen an. Der wartet einfach ab, dass unser Freund ihm einen Grund gibt. Kevin wedelt mit einem Zettel. Er hat nicht mitgekriegt, was los ist, und eine Nummer gezogen. Die 347. Wir gucken zu den Bildschirmen. Gerade ist die 295 dran.

„52 Leute warten vor uns", sagt Bina und schiebt Sharif weg. „Dann können wir ja alle noch in Ruhe frühstücken gehen."

Unter Murren folgt Sharif uns nach draußen. Nach ein paar Schritten bleibt Bina stehen. „Papa?"

Ein Mann mit Tattoos und einer schwarzen Hornbrille stapft über den Vorplatz. Er balanciert Bierdosen in einer flachen Schachtel. Er dreht sich um. „Nicht dass ich wüsste", lacht er.

Aus einer Querstraße winken ihm seine Freunde zu. Sie stehen vor einem alten Campingbus. Auf dem Dach kleben Surfbretter.

Ich frage: „Fahren Sie ans Meer surfen?"

„Nein, wir handeln mit den Brettern. Halten auf Märkten. Verkaufen sie direkt vom Dach weg."

Kevin guckt schon wieder, als ob er es glaubt.

Der Mann gackert: „Ich mach doch nur Spaß. Sicher fahren wir surfen."

Bina fragt: „Nehmt ihr uns mit?"

Ihr Scherzvater schaut uns an, als ob er jetzt erst merkt, dass wir dicke Rucksäcke aufhaben.

„Klar! Ich heiße Poki. Also, nicht in echt. Aber niemand nennt mich bei meinem echten Namen, daher ...“

„Das sind Sharif, Sam und Kevin. Ich bin Bina“, antwortet Bina.

„Meine verlorene Tochter!“, lacht er.

Wenig später sitzen wir im Bus. Am Steuer sitzt Gotti. Er hat ein zerknautschtes Gesicht. Als ob er zu viel in die Sonne guckt. Auf der Querbank neben Poki hockt Loki. Die nennen sich wirklich so. Loki ist groß wie ein Wikinger. Er trägt ein T-Shirt mit einem Krieger darauf, samt Axt und Schild. In der Anlage läuft die Musik, die auch Kevin und seine Mama hören.

„Zeig mal her“, sagt Loki. Er meint Binas Multi-

Tool. Er klappt die Werkzeuge aus. „Was für ein geiles Teil."

„Sogar mit Inbus", sagt Bina.

Poki sagt: „Ein Inbus im Bus."

Keiner lacht. Er zeigt mit der Bierdose in der Hand durch das Fahrzeug. „Hallo? Inbus? Im Bus? Niemand?"

„Und ihr habt tatsächlich keine Telefone dabei?", fragt Gotti aus dem Cockpit. Ein wenig fröstelt mich die Frage. Man könnte sie auch so verstehen: Gut, dass euch niemand finden kann.

„Das ist voll komisch", sagt Bina. „Erst ein Tag ohne und ich will endlich wieder ein Video gucken. Von meinem Lieblingskanal."

Poki sagt: „Schminkvideos?"

Bina sagt: „Ha. Ha. Ha!"

Loki fuchtelt mit Binas Werkzeug vor der Nase seines Kumpels herum: „Guck doch, was die mit sich rumträgt. Glaubst du, die guckt Beauty-Kanäle? Du Klotaucher?" Kevin kichert. Sharif schaut aus dem Fenster.

Bina sagt: „*My Mechanics*. Die machen da uralte Sachen wieder fit."

Loki zückt sein Smartphone. „Zeig mal!" Bina startet ein Video. Wir beugen uns über den kleinen Monitor. Zwei Hände legen ein altes Werkzeug auf die Arbeitsplatte. Es ist voller Rost. Man spürt schon vom Hinsehen, wie krümelig es sich anfühlen muss. Der Typ baut das Ding auseinander. Stück für Stück.

Poki und Loki sind fasziniert.

„Tja, und wer zeigt euch den Kanal das erste Mal?", sage ich. „Eine junge Frau!" Bina sieht mich an. Ich bin mir nicht sicher, ob sie das gut findet.

Sharif guckt raus auf die Felder, zu riesigen Masten. Er sagt: „Es gibt welche, die stellen sich da obendrauf. Der deutsche Rekord war der Sendeturm in Mainflingen. 220 Meter. Dazu gibt's auch ein Video."

Loki sucht es. Wir gucken. Ein paar Jugendliche filmen den Turm aus der Ferne. Sie gehen hin und dringen ein, trotz Stacheldraht. Dann klettern sie rauf. Bis ganz oben, und stellen sich wirklich auf den Rand. Ohne Seil! Loki kann es nicht fassen. Poki schüttelt den Kopf.

Bina sagt: „Diese blöden Wichser! Die riskieren ihr Leben, als wäre es nichts wert!"

Sharif erschreckt sich: „Aber die wissen genau, was sie tun. Wie Stunt-Leute."

„Mistkacke wissen die!", brüllt Bina. „Das sind Kinder mit Kamera. Echte Stuntmen sind immer angeseilt."

„Tom Cruise macht seine Stunts in echt", wehrt sich Sharif. „In einem Film rast er mit einem Motorrad durch die Gegend – ohne Helm."

„Dann ist der auch ein Wichser!", flucht Bina. „Ein Bierchen vielleicht?", fragt Loki. „Das beruhigt."

Bina ballt die Fäuste.

„Wieso bist du denn jetzt so?", fragt Sharif.

„Weil das Leben zu kostbar ist für so ein Risiko! Frag meine Mutter!"

Kapitel 7
Kirche aus Beton

Am frühen Abend stehen wir vor der Schranke
eines Campingplatzes. Wimpel wehen an Masten.
Stahlseile klimpern aufs Blech. Ein paar Kinder
spielen Fußball entlang des Weges.
Kevin schaut wortlos aus dem Fenster. Er weiß:
Nur noch ein paar Kieswege, dann kommt das
Meer.

Poki kehrt aus der Rezeption zurück und legt
eine Nummer ins Cockpit.

„Stellplatz Nummer 42", sagt er.

„Na, das passt doch, wo wir ein paar Anhalter

dabeihaben", sagt Gotti. Ich verstehe nicht, was er meint.

Das Campingmobil rumpelt auf die Wiese. Kaum drehen sich die Räder nicht mehr, reiße ich die Schiebetür auf. Kevin läuft los. Ich sage zu Sharif und Bina: „Bitte vertragt euch. Wir sind doch hier für Kevin."

Sharif und Bina sehen sich an.

„Es tut mir leid", sagt Sharif.

Bina atmet tief ein: „Wir hätten warten können, bis unsere Eltern Zeit haben. Aber wir machen das jetzt, weil man jederzeit sterben kann. Bitte riskiere niemals unnötig dein Leben. Versprochen?"

Sharif überlegt: „Sagen wir's so – ich sichere mich ab, okay?"

Sie geben sich die Hand. Wir laufen los. Am Horizont stehen Lenkdrachen in der Luft. Da muss der Strand sein. Wir erreichen Kevin.
Starr steht er auf der Böschung. Klar, er ist sicher gerührt. Das erste Mal am Meer. Wir stellen uns neben ihn.

Es dauert eine Weile, bis wir begreifen.

Kevin fragt: „Ist das normal, dass man das andere Ufer sehen kann?"

Der Strand hat kaum Sand. Nur viel Kies und Wiese. Auf der anderen Seite des Wassers sehen wir einen Waldrand. Auch links und rechts bewaldete Ufer. Das ist nicht das Meer. Das ist bloß ein See.
Die Männer erreichen uns. Sie pfeifen fröhlich, als wenn nichts wäre.

„Was ist?", fragt Poki.

Ich zeige aufs Wasser: „Ihr habt uns gesagt, ihr würdet ans Meer surfen fahren!"

„Ja, sicher. Ans Zwischenahner Meer. Wo ist das Problem?"

„Wo das Problem ist??? Das da ist ein See!"

Poki hebt die Hände: „Ganz ruhig. Niemand hat davon gesprochen, dass es ein Meer-Meer sein muss."

Ich flippe aus: „Es gibt kein Meer-Meer! Es gibt nur ein Meer!"

Sharif hebt den Zeigefinger: „Na ja, streng genommen heißt die Nordsee ja auch See. Und die Ostsee. Da ist eine Menge See in den Meeren."

Kevin sagt: „Streitet euch nicht. Ist doch schön hier."

Ich weiß nicht, ob er das ernst meint oder nur so sagt. So, wie er seiner Mutter immer sagt, dass alles gut ist. Um sie zu trösten. Aber das ist nicht okay. Die Erwachsenen haben sich um uns zu kümmern. Aber die sind bekloppt. Alle! Auch die Biertrinker. Da fahren die uns an ein Meer, das ein See ist. So kann das alles nicht weitergehen.

Zurück am Stellplatz, erzählen wir, wieso wir so entsetzt sind. Kevin läuft noch herum. Am Ufer und auf dem Platz. Unsere Geschichte rührt sie.

„Na ja, so weit weg vom Meer seid ihr gar nicht", sagt Loki. „Zum Jadebusen sind es kaum 40 Kilometer."

„Da sehen sie aber zu allen Seiten auch nur Ufer", sagt Poki.

„Ganz oben, die Siele, das ist eine schöne Küste", meint Gotti. „Harlesiel. Carolinensiel. Horumersiel."

„Das hört sich toll an", sage ich. „Wie kommen wir dahin?"

„Von hier sind das rund 85 Kilometer mit dem Auto. Aber Bahnen und Busse? In dieser Provinz? Schwierig ..."

„Da finden wir schon was", sagt Bina. Sie schultert ihren Rucksack. „Na, kommt schon. Das schaffen wir!"

Sharif steht auf. Er ruft Kevin.

„Bleibt noch diese Nacht", sagt Poki. „Wir grillen was. Ihr stärkt euch und dann geht's morgen weiter."

„Wir haben keine Zeit zu verlieren", sagt Bina. „Wir danken euch."

„Wir haben euch zu danken", sagt Loki. „Ohne dich hätten wir nie *My Mechanics* kennengelernt. Ist schon abonniert." Loki öffnet seine nächste Dose.

Auf der Suche nach einem Bus laufen wir durch die kleine Stadt. Ein komischer Kirchturm ragt über dem Ort in die Luft. Ein schmuckloser Koloss mit Beinen aus grauem Beton. Vor der Kirche gibt es einen Platz mit Schaukästen. Darin stehen die Neuigkeiten der Gemeinde. Die Kirche ist evangelisch. Klar. Die katholischen Christen bauen nicht so schlicht. Sie lieben riesige Dome. Wie in Köln oder Aachen. Sie feiern ihren Gott.

Die Evangelischen denken, man muss viel arbeiten. Hart wie der Beton.

An der Kirche klebt ein Gebäude mit Büros. Ein Mann und eine Frau stehen dort vor der Tür, Schulter an Schulter. Sie wollen gerade reingehen.

Kevin sagt: „Die frage ich jetzt."

Sie drehen sich um. Der Mann hat viele Furchen im Gesicht. Sein Mund erinnert an den Schnabel einer Ente. Der Kopf der Frau wird nach oben hin breiter.

„Hallo", sagt Kevin. „Wissen Sie, wie wir von hier ans Meer kommen? An so ein Siel?"

Die beiden entfernen sich von der Tür. Der Mann steckt etwas in seine Hose. Wahrscheinlich ein Handy. Die Frau lächelt breit.

„Ihr wollt rauf ans Meer?", fragt sie.

„Ja", sage ich. „Harlesiel. Carolinensiel. Horumersiel."

Sharif sagt: „Wie kannst du dir das immer alles merken?"

Die Frau fragt: „Wo sind denn eure Eltern?"

Ich sage: „Wir sind allein unterwegs."

Kevin sagt: „Jep. Und weil wir keine Handys haben, können wir nicht selbst nachsehen."

Die Frau sieht den Mann kurz an. Der legt den Kopf schief und nickt. Sicher hatten sie heute was anderes vor. „Da kommt ihr heute nicht mehr hin. Regionalzug, Nord-West-Bahn und dann der Bus Richtung Wangerland. Und war da nicht diese Sperrung?"

Die Frau nickt. „Ja, genau. Die Sperrung. Das wird nichts."

Kevin lässt den Kopf hängen.

Der Mann sagt: „Wie wär's denn, wenn wir euch hinbringen?"

Kevin stutzt: „Heute noch?"

„Ja klar. Mit dem Auto ist das kein Problem. Die 28. Die 437. Die 436. Die 461."

Jetzt kriege ich Hunger. Das klingt nicht wie Straßen. Das klingt wie eine Bestellung beim Chinesen.

Bina sagt: „Das sind mehr als 170 Kilometer hin und zurück. Wieso sollten Sie das tun, für vier fremde Jugendliche?"

„Weil wir Christen sind, Kind. Nächstenliebe."
Bina sieht die Frau misstrauisch an. Der Mann
hebt seine Hände. Er hat lange Finger. „Was
genau ihr vorhabt, geht uns nichts an. Aber wir
merken doch, wie wichtig es euch ist."

Bina wendet sich zu uns: „Beratung!"

Wir versammeln uns hinter dem Schaukasten.

„Das sind fremde Leute", sagt Bina.

„Von einer Kirche!", sagt Sharif. „Wir sind heute
schon mit Trinkern gefahren, die Wikingersoldaten
auf dem T-Shirt haben. Oder traut ihr eurer
eigenen Kirche nicht?"

„Mein Vater ist nicht in der Kirche", sagt Bina.

„Meine Mum auch nicht", sagt Kevin.

„Meine Eltern sind katholisch", sage ich.

„Was seid ihr eigentlich, Sharif?", fragt Bina.

„Menschen. Gärtner. Kletterer. Autobauer. Brettspieler. Pizzaesser. Ansonsten Aleviten, falls du das meinst."

„Also machen wir das jetzt, oder was?", fragt Kevin.

Wir schauen rüber zu dem seltsamen Paar.

Wir nicken: „Das machen wir."

Kapitel 8
Der Papst

Die beiden heißen Robin und Ronja. Ihr Auto steht eine Straße weiter. Ein alter Kombi mit eckigen Formen. Wir werfen unsere Rucksäcke in den Kofferraum. Sie landen zwischen zwei ausgebeulten Sporttaschen. Aus einer ragt eine Spielkonsole.

„Trödelmarkt", sagt Robin.

„Die PS4 Pro?", fragt Kevin. „Die kriegt man nicht oft billig im Ankauf."

„Wir hatten Glück", sagt Ronja.

Zu viert quetschen wir uns auf die Rückbank.

Es ist sehr eng. Doch das stört mich nicht im Geringsten. Immerhin sitzt Bina direkt neben mir. Robin setzt sich ans Steuer. Ronja packt Erdnüsse aus.

Ein paarmal links, ein paarmal rechts. Schon sind wir auf der Landstraße. An der letzten Kreuzung habe ich ein gutes Schild gesehen. Die Werbung einer Dachdeckerfirma. Sie hieß: *Dächer, die's drauf haben.* So etwas finde ich witzig. Ich wollte es fotografieren, für meinen Kanal. Bis es mir wieder auffiel ... kein Handy. Ob man sich jemals daran gewöhnt?

In der Lüftung raschelt ein trockenes Blatt. Draußen ziehen Baumschulen und Gewächshäuser vorbei.
Ronja schiebt eine Kassette ins Radio. Eine Kassette! Der Wagen muss sehr alt sein. Bina lehnt sich nach vorne und liest den Tacho ab.

„Wow!", sagt sie. „Der hat 652.550 Kilometer drauf?"

Robin klopft stolz auf das Lenkrad. „Damals konnte man noch Autos bauen. Jedenfalls in Schweden."

Bina sagt: „Ja, aber selbst für einen Volvo ist das viel."

Die Kassette legt los. Deutscher Schlager. Der Sänger fragt sich, wo all die Helden geblieben sind. Im Wagen riecht es nach altem Zigarettenqualm. Am Rückspiegel baumelt ein Duftbäumchen der Sorte Meeresbrise. Es riecht nach den blauen Einsätzen in den Pissbecken von Rasthöfen.

Sharif wippt hin und her. Als ob er was anderes hört. Er schließt die Augen und singt. Kevin fragt: „Alles klar bei dir?"

„Ja, alles gut. Ich stelle mir nur vor, ich hätte mein Handy dabei. Meine Lieblingslieder kann ich auswendig."

Ich denke an meine Eltern. Ob sie doch schon versucht haben, mit Kevins Mama zu telefonieren? Nein. Sie haben viel zu viel zu tun. Wenn meine Mama beim Rubbeln die 100.000 Euro gewinnt, will sie eine Kreuzfahrt machen. Um die ganze Welt. Und wenn Papa nicht mitkommt, dann eben alleine. Ich habe das mal nachgeschlagen. Die Chance, dass Mama eine Kreuzfahrt macht, liegt bei 1:10 Millionen.

Wie das wohl wird, wenn ich mein Geld komplett selber verdienen muss? Meine Freunde wissen, was sie werden wollen. Stuntman, Schauspieler, Mechanikerin und wahrscheinlich Profi-Trödler. Aber ich? Den Laden übernehmen soll ich auf keinen Fall, sagen meine Eltern. Diesen „Stress" wollen sie mir nicht antun. Was kann ich gut? Sehen, hören, riechen und mir alles merken.

Wo braucht man das? Bei der Polizei. Wie nennt man Ermittler noch gleich? Genau: Schnüffler. Das passt zu mir. Ich werde ein Schnüffler! Vielleicht übe ich jetzt schon mal.

Was haben wir? Ein Auto, das nach Qualm riecht, in dem aber niemand raucht. Über 650.000 Kilometer auf dem Tacho. Das heißt: Robin und Ronja lieben ihr Auto über alles. Oder sie haben kein Geld für ein neues. Gut, sie arbeiten für die Kirche. Da wird man nicht reich. Aber sie haben sehr neue Geräte hinten in den Taschen. Wieso aber eigentlich in Taschen? Würde man das als Trödler nicht sorgsamer aufbewahren?

„Was hattet ihr heute noch vor?", frage ich.

Ronja sagt: „Nur so Papierkram."

Ich sage lachend: „Das kenne ich von meinen Eltern. Die müssen alles ganz genau sortieren. Für den Staat."

„Ja", seufzt Ronja, „und wir für den Papst in Rom."

Sämtliche Luft entweicht meinem Körper. In meiner Kehle bildet sich Rost. Wie auf dem alten Werkzeug. Die Kirche vorhin – die war evangelisch! Und die Evangelischen haben gar keinen Papst! Da vorne sitzen keine Leute, die für die Kirche arbeiten. Und wenn sie die Tür vorhin nicht aufschließen wollten – dann wollten sie sie *aufbrechen*!

Die anderen haben es nicht bemerkt. Aber Ronja begreift, was sie gesagt hat. Ich sehe es ihr an. Robin ebenfalls. Sie tun aber so, als wäre nichts. Allerdings können sie nicht wissen, ob wir was verstanden haben. Ronja schaut in den Rückspiegel. Sie will sehen, wie ich gucke. Ich kann nicht schauspielern. Ich bin nicht Sharif. Mir steht der Schweiß auf der Stirn.

„Komm", sagt Robin, „legen wir mal eine andere Kassette ein. Wolfgang Petry ist doch nichts für die Kids."
Er beugt sich vor. Aus seiner Hosentasche fällt das, was er an der Tür der Kirche hineingestopft hat. Es ist kein Handy, sondern ein Dietrich. Ein langes, schmales Werkzeug mit gezackter Spitze. Zum Schlösserknacken. Bina erkennt es als Erste. Sie wird blass.

Ronja schüttelt den Kopf. Robin seufzt. Er fährt von der Straße ab, in einen Waldweg hinein.

„Was ist los?", fragt Kevin. Sharif greift nach den Ohrhörern, die gar nicht da sind. Der Wagen rumpelt über den Pfad. Robin schaltet den Motor aus.

„Los, alle raus!"

Bina greift nach meiner Hand. Na super. Das hätte ich gerne in einer anderen Lage gehabt. Am Meer zum Beispiel, unterm Mond.

„Raus!", brüllt Robin. Wir zucken zusammen. „Wird's bald!?"

Ronja und er reißen die Türen auf und uns aus dem Wagen. Sie schubsen uns an den Rand des Weges. Brennnesseln berühren meine Waden.

„Wir hätten euch gerne bis ans Meer gebracht", sagt Robin. „Und dort auch nur euer Geld genommen. Aber meine bescheuerte Partnerin hier muss sich ja ohne Not verplappern. Von wegen Papst."

Ronja blafft zurück: „Und dir Idiot fällt der Dietrich aus der Hose!"

Kevin jammert: „Was ist denn hier eigentlich los?"

Das regt mich auf. Einerseits ist er so erwachsen. Er kocht, trödelt und schmeißt den Haushalt. Aber dann benimmt er sich wieder so naiv wie Ron Weasley bei seiner ersten Szene in *Harry Potter*.

Ich sage: „Das ist doch offensichtlich. Die sind nicht bei der Kirche! Die wollten da einbrechen! Und die Sachen in den Sporttaschen sind Diebesgut! Womöglich gehört ihnen nicht einmal der Wagen."

Bina sagt: „Es klaut doch keiner ein Auto mit 652.000 Kilometern."

Robin brüllt: „Klappe, alle zusammen!"

Er hat einen Stock gezogen. Mit einem Ruck des
Armes fährt er ihn aus und das Ding wird drei Mal
so lang.

„Oh Scheiße", sagt Kevin. „Ein Teleskop-
Schlagstock."

Ronja fängt an, in unseren Sachen zu wühlen.
Robin zeigt mit dem Stock auf den Boden: „Werft
eure Geldbörsen rüber. Kommt schon."

Wir zögern. Robin macht einen Schritt auf
Kevin zu und hebt den Stock. Ich hebe die Hände.
„Schon gut! Schon gut!"
Ich werfe ihm meinen Geldbeutel vor die Füße.
Dieser miesen Entenfresse. Die anderen auch.
Robin sammelt die Geldbörsen auf.

„Und die Handys?"

„Haben wir doch gesagt", schimpfe ich. „Wir haben keine dabei."

Robin sieht uns an, als könne er es einfach nicht glauben.

„Wieso hätten wir vorhin lügen sollen?"

Robin schaut zu Ronja. Sie wühlt noch.

„Und?"

„Nix Wertvolles. Zeltkram. Luftmatratzen. Bisschen Proviant. Meine Güte, wer trinkt so viel Cola in kleinen Flaschen?"

Hinter uns knackt es im Wald.

„Beeil dich, da kommt jemand."

Ich frage mich, ob ich rufen soll. Aber ich will den Schlagstock nicht abkriegen.

„Scheiß drauf!", sagt Robin. „Wir nehmen einfach alles mit!" Er knallt den Kofferraum zu.

Sharif sagt: „Ihr könnt uns doch nicht einfach hier so stehen lassen!" Doch das können sie. Wortlos steigen sie in den Wagen und brausen davon.

Sharif geht ein Stück zwischen die Bäume.
„Hallo? Ist da jemand?"
Doch das Knacken und Rascheln hat aufgehört.
„Was für eine Scheiße!", flucht er. „Diese Hundesöhne."

Kevin sagt: „Müssten wir nicht die Polizei rufen?"

„Womit?", meckere ich. „Mit unseren Holztelefonen aus Baumrinde?"

Sharif sagt: „Dann lasst uns bis ins nächste Dorf durchschlagen."

„In welche Richtung?", frage ich. „Ich habe nur Baumschulen gesehen."

Bina sagt: „Selbst wenn wir ein Dorf mit Polizei finden. Was macht die?"

Kevin antwortet: „Die löchern uns. Bis wir sagen, wer wir sind. Und dann rufen sie unsere Eltern an."

„Eben", sagt Bina. „Mein Vater will schon nicht, dass ich abends alleine mit der Straßenbahn fahre. Wie wird er wohl reagieren, wenn er hört, was uns passiert ist?"

„Wir kriegen Hausarrest", sage ich. „Bis wir 18 sind."

„Genau. Und zusätzlich pflanzen sie uns einen Chip in den Nacken."

„Und was machen wir dann jetzt?", fragt Sharif.

„Unsere Mission fortsetzen", sagt Bina. „Kevin

ans Meer bringen. Wir sind schnell gefahren. Es sind vielleicht noch 30 Kilometer. Wir sind nah dran."

„Nah dran?", jammert Sharif. Er wirbelt mit den Armen herum. „Wir stehen in einem Wald. Ohne Handys. Ohne Geld. Ohne Zelte. Was haben wir denn? Ach ja, du hast ein Multifunktions-Werkzeug. Mit Inbus!"

Bina sagt: „Glaub mir, ich hab' noch mehr."

Ich sage: „Bina hat recht. Wir setzen die Mission fort! Alles, was danach kommt, ist jetzt erst mal egal."

Bina freut sich, dass ich auf ihrer Seite bin. Sie lächelt. In ihren Augen spiegelt sich das Blätterdach. Sie sagt: „Wir brauchen einen Unterschlupf für die Nacht. Lasst uns suchen."

Sharif sagt: „Tiefer in den Wald? Wo es gerade geknackt hat? Wenn das keine Menschen waren, waren es Wölfe! Die kommen doch zurück!"

„Aber nicht hier."

„Gerade hier!!!"

„Auf der Straße kommen vielleicht diese zwei Irren wieder", sage ich.

Bina nickt. Sie geht vor. Kevin und ich folgen ihr. Sharif wartet noch einen Moment. Dann folgt er uns. Nicht, ohne zu meckern.

„Aber sicher. Tiefer in den Wald. Natürlich. Als hätte es die Geschichten alle nicht gegeben. *Dark. Cabin in the Woods. Grimms Märchen.*"

Wir lassen ihn schimpfen. Aus einem Wipfel flattern ein paar Vögel.

Kapitel 9
Der Filterstab

Eine Weile stapfen wir wortlos durch den Wald.
Mir ist mulmig, aber ich lasse es mir nicht
anmerken. Zwischen den Baumkronen verfärbt
sich der Himmel. Zum ersten Mal in meinem Leben
weiß ich nicht, wie der Tag endet. Oder wo ich
schlafe.

Bina sagt: „Wir müssen uns überlegen, wie wir
ohne Zelte und Schlafsäcke übernachten. Wir
brauchen etwas Schutz."

Kevin zeigt nach vorn: „Guckt mal, da wird es
wieder heller."

Eine Lichtung tut sich auf. Wirtschaftswege.
Tiefe Spuren von Traktoren. Alte Baumstämme
liegen am Wegesrand. Am Rande der Lichtung

steht ein alter Anhänger mit platten Reifen. Eine blaue Plane ist über das Gerüst gespannt. „Das ist doch was", sagt Bina.

Wir ziehen die Plane ab. Das Seil, mit dem sie festgemacht war, stecken wir ein. Im Anhänger selbst stinkt es. Ein totes Tier verwest darin. Sharif hält sich die Hand vor den Mund. Er würgt. Seine Kotze schießt ihm durch die Finger. Kevin wird grün. Sharif stürzt sich in das Gras der Lichtung. Ich kann zwar besser riechen als alle anderen, aber kotzen muss ich nie. Zwischen meiner Nase und meinem Magen besteht keine Verbindung.

Sharif japst: „Das Tier wurde bestimmt vom Wolf gerissen."

„Jetzt hör auf, Panik zu machen. Wir haben Wichtigeres zu tun."

„Ja", sagt Kevin. „Wir brauchen Essen."

Sharif quäkt: „Wie kannst du jetzt ans Essen denken?"

Bina sagt: „Viel wichtiger ist Wasser."

„Ich habe was plätschern hören", erinnere ich mich.

Tatsächlich finden wir einen Bach. Langsam schlängelt er sich durch die Wildnis. Alte Stämme liegen quer, mit Moos bedeckt. Klee zieht sich über den Boden. Riesige Farne wachsen zwischen den Stämmen.

Kevin klagt: „Ich habe trotzdem Hunger. Ich muss wenigstens was kauen."

Ich schaue mich um. Entlang des Baches wächst zähes Gras. Die Brennnesseln müsste man kochen. Doch da sehe ich ein Gewächs, das man essen kann. Knallgrüne, leicht ovale Blätter. Saftige Stängel. Ich rupfe eine Handvoll ab. „Hier, das ist Vogelmiere. Bissfest und gesund."

Kevin runzelt die Stirn. Ich stecke mir die Portion selbst in den Mund. Sie schmeckt besser als der meiste Salat. Kevin rupft sich nun auch ein Stück.

„Hey, Bina, Sharif. Probiert auch mal." Bina greift zu. Sharif braucht wieder seinen Moment. Schließlich kauen wir alle.

„Irre", sagt Kevin. „Jetzt essen wir einen Wald."

„Da ist alles drin", sage ich. „Vitamine, Magnesium, sogar Eiweiß."

„Woher weißt du das alles?", fragt Sharif.

„Ich merke es mir einfach. So wie du deine Playlist."

Sharif kaut zu Ende. „Jetzt brauche ich Wasser!" Er kniet sich vor den Bach.
„Stopp!", sagt Bina. „Er könnte verseucht sein."

„Wovon denn? Ist hier eine Chemiefabrik im Wald?"

„Nein, aber es könnte ein totes Tier im Bach liegen. Zum Beispiel."

Sharif zögert. „Aber wir brauchen doch Wasser, hast du gesagt."

„Ich habe auch gesagt, ich habe mehr dabei, als ihr denkt." Sie greift in ihre zweite Seitentasche und zieht eine blaue Röhre heraus.

„Was ist denn das?", fragt Kevin.

„Ein Überlebensstrohhalm.“

„Sieht aber breiter aus als ein Strohhalm.“

„Weil es ein Filter-Gerät ist“, sagt Bina. „Du saugst das Wasser hier durch – und alle Bakterien können dir nichts mehr anhaben.“

Sie kniet sich vor den Teich und macht es vor. Dann reicht sie den blauen Filterstab an mich weiter. Mein Herz klopft. Immerhin sauge ich jetzt Wasser durch ein Mundstück, das zuvor ihre Lippen berührt hat.

Sharif sagt: „Nein. Ich stülpe mich nicht über einen Stab. Das ist ja voll schwul.“

Kevin trinkt gierig fertig. Danach macht er: „Ah!“

„Denk dran", sagt Bina zu Sharif. „Tote Tiere bekommen dir nicht."

Fluchend nimmt er den blauen Stab entgegen und steckt ihn in den Mund.

Wir knoten die Plane in die Bäume. Die Seile ziehen wir auf der anderen Seite um einen liegenden Baumstamm. Den Schlafplatz legen wir mit Zweigen aus, die wir von Kiefern und Fichten abschneiden. Die dichten Nadeln bilden eine weiche Unterlage und Schutz vor der feuchten Erde.

Die Arbeit hat warm gehalten. Doch jetzt wird es kühl.

„Wir brauchen ein Feuer", sage ich.

„Aber nur, wenn wir eine Kuhle graben", sagt Bina. „Damit es sich nicht ausbreiten kann."

„Das wäre ein Fall für den Klappspaten", sagt Kevin.

„Du hattest einen Klappspaten dabei?", fragt Sharif.

„Ja. Zwölf kleine Cola, ein Badetuch und einen Klappspaten. Damit wollte ich am Strand Gräben ausheben, durch die das Meerwasser fließen kann."

„Ich werd' nicht mehr", sagt Sharif.

„Jetzt ist der Klappspaten in dem Volvo der Irren", sagt Bina. „Also schnappt euch ein paar stabile Äste mit scharfen Kanten und grabt."

Wir machen, was sie sagt. Es ist anstrengend, aber es geht. Kleine Wurzeln schneidet Bina mit den Klingen ihres Multi-Werkzeugs auseinander. Danach sammeln wir das Brennmaterial und schichten es in die Kuhle. Ein paar Äste als Unterlage. Zunder aus Blättern, Nadeln, Rinde und Spänen. Dann das Reisig. Dünne, trockene Zweige, am besten von Fichten. Man stellt sie wie eine Pyramide über dem Kern aus Zunder auf. Dann baut man eine zweite aus dünnen Ästen um die erste. Noch größere Stücke kommen erst später, wenn es gut brennt. Das habe ich mir aus einer TV-Doku gemerkt. Mein Vater schlief dabei. Meine Mutter hat Lose gerubbelt.

„So", sage ich. „Jetzt wird's kompliziert. Jetzt müssen wir Feuer machen, indem wir ein hartes Stöckchen auf weicherem Holz reiben."

Bina sagt: „Ich kenne noch eine andere Technik."

„Welche?", frage ich. „Hast du einen Feuerstein dabei?"

Bina greift in ihre Seitentasche. „Meine Geheimtechnik heißt Feuerzeug!"
Mit einem „Klick!" zündet sie den Zunder an.

Sharif lacht sich schlapp: „Der war gut!"

Kevin sagt: „Deine Hosentaschen sind unerschöpflich, oder?"

Bina lacht: „Nein. Es fehlt darin der Klappspaten."

Kapitel 10
Die Finsternis

Das Feuer knistert vor sich hin. Vorhin konnten wir noch tief in den Wald hinein sehen. Jetzt nur noch wenige Meter.

Kevin sagt: „Wisst ihr, was ich gerne machen würde? Einmal ein Stück in den Wald gehen. Wir sehen doch, wo unser Lager ist. Durch das Feuer."

„In den dunklen Wald?", fragt Sharif ungläubig.

„Nur ein kleines Stück", sagt Kevin. „Ich will mal wissen, wie das ist."
Bina steht auf. „Tun wir ihm den Gefallen. Was soll passieren?"

Wir gehen ein paar Meter ... und mit einem Mal ist es finster. Ohne Vorwarnung. Ich habe noch nie so eine Dunkelheit erlebt. Wir sehen die Hände vor den eigenen Augen nicht mehr. Und das Lagerfeuer auch nicht.

„Bina, mach dein Feuerzeug an", flüstert Sharif.

„Das liegt an unserem Lager", sagt Bina.

„Ich werde wahnsinnig", sagt Sharif.

Bina sagt: „Wir müssen jetzt ganz ruhig bleiben." Aber man merkt, dass sie auch nicht ruhig ist.

An meinem Ohr kitzelt es. Ein Insekt. Ich wische es weg. Jetzt kitzelt es an meinem Mundwinkel.

„Der Wolf wird uns fressen", sagt Sharif.

Bina fährt ihn an: „Jetzt hör mit dem Wolf auf! Saubere Gedanken!"

Kevin sagt: „Ich fasse es nicht, dass es so finster werden kann. Im echten Leben gibt's doch immer irgendwo Licht."

„Das hier ist eigentlich das echte Leben", sage ich. „Nicht die Stadt."

„Leute", hechelt Kevin. „Ist das normal, wenn man von selbst schneller atmet, obwohl man gar nicht will?"

Sharif sagt: „Scheiße, Kevin hyperperforiert!" Bina sagt: „Er hyperventiliert, du Eierbär! Wenn er perforiert, würde er zerreißen. Wie zwei Blätter Klopapier."

Kevin japst immer schneller. So war das nicht gedacht. Wie sollen wir das später erklären? Wir wollten Kevin zum Meer bringen, doch am Ende landet er bewusstlos im Wald?

Bina sagt: „Wenn wir das Feuer nicht sehen

können, Sam? Kannst du es dann vielleicht riechen?"

Ich konzentriere mich und strecke die Nase in die Luft. Es riecht würzig, harzig und ein bisschen nach Schimmel. Aber da! Ein Hauch von scharf und sauer. Wie ein Kamin, der nicht mehr genug Futter kriegt.

„Hier lang!", sage ich. „Fasst euch an den Händen. Wir machen eine Kette." Ich taste nach Binas Hand. Sie greift zu.

„Habt ihr euch alle?"

„Moment", sagt Sharif. Es raschelt. „Ja", sagt er.

„Ja", sagt Bina.

Nur zwölf Schritte und wir finden das Feuer. So nahe waren wir an unserem Lager … und konnten es trotzdem nicht sehen. Vom fünften bis zum letzten Schritt habe ich Binas Hand gestreichelt. Jetzt treten wir aus dem Busch. An meiner Hand:

nicht Bina, sondern Kevin. Er sieht mich komisch an. Bina bildete das Ende der Reihe.
Ich ziehe die Hand weg.

Na super. Dann wäre dieser Punkt in meinem Leben auch schon mal abgehakt. Ich habe einen Jungen nachts im Wald gestreichelt, ohne auf Jungs zu stehen. Immerhin hat Kevin mit dem Japsen aufgehört.

„Das Feuer geht aus", sagt Sharif.
Bina versucht, das Holz wieder zu entflammen.
„Es klappt nicht", sagt sie. Sie geht zum Lager.
„Wir sollten versuchen, zu schlafen." Sie legt sich auf das Bett aus Nadelzweigen. Ich beeile mich und lege mich daneben. Sonst lande ich wieder bei Kevin. Das Feuer geht aus.

„Schmiegt euch eng aneinander", sagt Bina. „Ohne Schlafsäcke brauchen wir unsere

Körperwärme." Sie rutscht noch näher zu mir. Mein Herz wandert in meinen Hals. Sharif knistert ebenfalls auf den Nadeln herum.

„Na komm, Kevin. Es geht ums Überleben."

Kevin sagt ins stille Schwarz: „Sagt man deswegen stockfinster? Weil man hier nur so weit sehen kann, wie ein Stock lang ist?"

„Schlaft jetzt", sagt Bina.

Unsere Hände berühren sich an den Rückseiten. Ich spüre die Wärme ihres Körpers neben meinem. Ihr Atem riecht wunderbar. Nach Sandelholz, Vanille und glücklich sein.

An der Plane schlägt immer wieder ein Flugtier an. Plopp. Plopp. Plopp. Es muss eine riesige Motte sein. Bina greift nach meiner Hand. Sie schiebt ihre Finger durch meine. Jetzt wandert mein Herz in die Kehle. Ihre Haut fühlt sich zart an, aber ihr Griff fest.

Kevin kreischt: „Hier krabbelt was! Es kriecht mir ins Ohr!"

Bina zieht ihre Hand aus meiner: „Warte, ich leuchte mal mit dem Feuerzeug." Jetzt kreischen wir alle. Das Licht ist nur kurz an, aber es erhellt das Grauen. Hunderte von Insekten krabbeln unter der Plane, direkt über uns. Ohrenkrabbler, Käfer, vor allem aber Weberknechte. Diese Spinnentiere mit den winzigen Körpern und den langen Beinen. Sie verheddern sich ineinander. Hängen herunter. Dazwischen stößt sich die Motte den Kopf an der Plane. Bina macht das Feuerzeug wieder aus. Nun atmen wir alle wie Kevin vorhin.

„Scheiße, Scheiße, Scheiße", flüstert Sharif.

„Wir müssen bewusstlos werden", sagt Kevin. „Das ist die einzige Lösung."

„Kevin hat recht", sagt Bina. „Die tun nichts.

Wir müssen sie nur vergessen. Denkt an etwas, das euch müde macht."

Kevin sagt: „Ich stelle mir manchmal vor, in besonderen Betten zu pennen. Die ich in Filmen gesehen habe. Ein Quartier auf der *Enterprise*. Eine Kajüte auf der *Black Pearl*."

„Gut so", sagt Bina.

Ich weiß, was mir helfen kann, die Insekten zu vergessen. Binas Hand. Binas Wärme. Schlafen kann ich deswegen aber nicht. Im Gegenteil. Nach einer Weile atmen die anderen ruhig. Kevin schnarcht sogar. Binas Hand liegt immer noch in meiner. Ich will wach bleiben, dann habe ich mehr davon. Doch selbst meine Augen fallen langsam zu. Ich döse weg.
Die Motte ploppt nicht mehr. Ist wohl auch pennen gegangen.

Ich bin fast weg, da höre ich ein leises Knacken. Wie winzige Füße im Unterholz. Bina atmet gleichmäßig links neben mir.

Augenblick. Links?

Sie liegt doch an meiner rechten Seite!

Ich traue mich nicht länger, Luft zu holen. Der Atem links von mir riecht nicht nach Sandelholz und Vanille. Er riecht faulig, wie Fleischreste zwischen Zähnen.

Das ist ... der Wolf!

Wir liegen am Wochenende nachts in einem Wald in Niedersachsen. Ausgeraubt. Ohne Waffen. Ohne Hütte. Ohne Schutz. Und an meinem linken Ohr schnüffelt ein Wolf.

Wenn ich die anderen jetzt wecke, kriegt der Wolf Panik und beißt mir das Ohr ab. Ich muss mich tot stellen. Das Tier schnüffelt. Leise tapsen die Pfoten in dem feuchten Boden neben dem Lager. Der Wolf schnauft noch ein letztes Mal, bevor er raschelnd verschwindet.

Kapitel 11
Die Jobsuche

Ich kann mich nicht daran erinnern, geschlafen zu haben. Muss ich aber, denn sonst würde ich ja jetzt nicht aufwachen. Bina liegt nicht mehr neben mir. Kevin und Sharif waschen sich am Bach.

In der feuchten Erde neben dem Lager sehe ich die Abdrücke der Wolfspfoten. Sie haben jeweils vier große Ballen und einen ganz kleinen. Wie bei einer Katze. Die Krallen vorne erscheinen mir seltsam kurz. Aber ich weiß noch nicht genug über den Wolf.

Bina kommt aus den Farnen. Sie hält ihre Hände wie eine Schale.

„Ich habe ein paar Himbeeren gefunden."

„Da pinkeln Hunde drauf und man kriegt Tollwut", sagt Sharif.

„So tief im Wald geht niemand Gassi", antwortet Bina. Sie verteilt die Beeren. Wir essen. Sie schmecken sauer, tun aber gut.

„Wie geht's jetzt weiter?", fragt Kevin.

„Wir sollten ein Dorf finden", sage ich. „Nicht um die Polizei zu rufen. Um etwas Geld zu verdienen. Für Bus, Bahn, Taxi. Oder wollt ihr 30 Kilometer zum Meer laufen?"

Kevin fragt: „Wie finden wir die richtige Richtung?"

Sharif schaut in die Kronen.

Bina sagt: „Nein."

Sharif sagt: „Doch! Es ist ja nicht einfach so. Es dient unserem Überleben."

Er sieht sich um. Auf der anderen Seite des Baches lehnt ein umgestürzter Baum an einem gesunden.

„Ich finde das nicht gut", sagt Bina.

Sharif ignoriert es. Er springt über den Bach. Mit ein paar Schritten ist er an den Bäumen. Schon klettert er den schrägen Stamm hinauf. Dort, wo der alte Baum am gesunden lehnt, springt er an den ersten Ast. Er zieht die Füße nach und stemmt einen davon in die Astgabelung.

Kevin staunt: „Wow! Das sieht aus wie in einem Spiel."

Bina schüttelt den Kopf.

In wenigen Minuten steht Sharif im Wipfel. Er schiebt Blätter zur Seite und schaut hinaus. Wenn jetzt eine Drohne über den Wald fliegen würde – der Pilot würde sich zu Tode erschrecken. Eine neue Spezies: der Sharif. Halb Affe, halb Tom Cruise.

„Ich sehe was!", ruft Sharif. „Ich weiß, wo wir lang müssen."

„Dann komm bitte wieder runter!", ruft Bina.

Nach einer halben Stunde Fußmarsch finden wir den Ort. Viele Vorgärten. Bemalte Stromkästen. Ein winziger Friedhof. Die Plane haben wir im Wald hängen lassen. Für spätere Generationen.

Wir halten Ausschau danach, wo Rasen wächst, der schon seit Wochen nicht gemäht worden ist. Wo Unkraut aus jeder Ritze sprießt.

Wo die Fenster dreckig sind oder die Autos. Denn es ist ja so: Erwachsene kommen zu nichts. So sagt das immer mein Vater. Sie sehen schon, dass etwas gemacht werden müsste. Aber sie haben zu viel anderes zu erledigen.

Meine Eltern hätten zum Beispiel schon vor 14 Tagen nachforschen können, wieso es hinten im Laden so stinkt. Sie machen es aber erst jetzt, wo keiner es mehr überriechen kann. Falls man das so sagt. Wenn man etwas nicht sieht, obwohl es da ist, heißt das ja übersehen. Also kann man auch was überriechen. Weil Erwachsene also zu nichts kommen, haben wir uns einen Spruch ausgedacht. Mit dem bieten wir unsere bezahlten Dienste an. Er geht so: „Wir sind gekommen, weil Sie nicht dazu kommen!"

Der Spruch ist großartig, finde ich. Und überall sehen wir unerledigte Arbeit. Trotzdem werden wir an jeder Tür abgewiesen.
Ein Mann mit Armen, die breiter sind als meine

Beine, sagt: „Ich kenne euch doch gar nicht. Wer weiß, vielleicht wollt ihr mich ausrauben."

Eine Frau mit der Frisur einer Ministerin meint: „Ich beschäftige niemanden schwarz. Vater Staat braucht unsere Hilfe mit den Steuern."

Ein Mann mit wild-wuschigen Augenbrauen sagt: „Um Himmels willen! Das wäre ja Kinderarbeit!"

Der Mann, der Angst vor Kinderarbeit hat, hat seinen ganzen Vorgarten mit Steinen ausgelegt. Nur zwei schmale Bäumchen ragen heraus. Sharif flucht: „Will uns nicht bezahlen, hat aber jede Menge Schotter."

Frustriert sehen wir ein, dass wir keine Chance haben. Die Arbeit liegt auf der Straße, aber wir dürfen sie uns nicht nehmen.

Kapitel 12
Das Wespennest

Den Rest müssen wir zu Fuß gehen. Wenn wir drei Kilometer in der Stunde laufen und keine Pause machen, sind wir in zehn Stunden da. Uns werden die Sohlen bluten. Wir werden rote Fußabdrücke auf dem Strand hinterlassen.

„Entschuldigung?"
In der Tür eines kleinen Hauses steht eine alte Dame. Sie trägt ein blaues Kleid und eine Schürze. „Ich habe gesehen, dass ihr überall klopft. Wegen Arbeit."

Wir nicken.

„Seid ihr schwindelfrei?"

Sharifs Augen glänzen.

„Darf ich euch zeigen, was ich meine?"

Wir folgen ihr ins Haus. Das Namensschild neben der Tür ist aus Ton gebrannt. Sie heißt Sommer. Das Untergeschoss besteht hauptsächlich aus einer riesigen Küche. In der Ecke steht ein großer Tisch mit Sitzbank und Stühlen. Sie öffnet die Tür zum hinteren Garten. Das winzige Fenster darin ist mit gehäkelten Vorhängen bespannt.

Draußen zeigt sie uns, was sie meint. Unter dem Dachstuhl klebt ein Wespennest, groß wie ein Football. Aus dem runden Loch surren die Insekten.

„Der nächste Schädlingsbekämpfer wohnt vier Dörfer weiter", sagt Frau Sommer. „Der nimmt ein paar Hundert Euro für so was. Ich kann nicht mehr hier im Garten sitzen. Und ich sitze doch so gerne im Garten."

Es tut mir richtig leid, wie traurig sie das sagt. Als wüsste sie, dass sie vielleicht nicht mehr lange im Garten sitzen kann.

„Wir können doch kein Wespennest entfernen", sagt Kevin.

„Doch, das können wir!", sage ich.

Was nun folgt, müsste man eigentlich filmen. Wenn man Handys dabeihätte. Man müsste es filmen, zusammenschneiden und mit Musik unterlegen. Wie im Kino. Wenn ein Team aus allem, was so herumliegt, eine Brücke baut. Oder einen Panzer. Und sich dadurch aus einer schwierigen Lage befreit. Wir bauen jetzt aus allem, was herumliegt, einen Schutzanzug für

Sharif. Ich sage, was gebraucht wird. Denn auch das habe ich mal gesehen und abgespeichert.

Frau Sommer ist glücklich, denn es kommen ganz viele Sachen ihres verstorbenen Mannes Paul zum Einsatz. Sein alter Anstreicher-Anzug. Die dicken Handschuhe. Das dichte Panzerband. Den Imker-Hut basteln wir aus Fliegengitter, Tuch und Draht. Und einem großen alten Strohhut von Frau Sommer. „Den habe ich als junge Frau am Strand in Italien getragen", erinnert sie sich glücklich. Das Meer ist einfach das Beste im Leben.

Nach zwei Stunden steht Sharif auf dem Rasen wie ein Astronaut. Nur eben mit Imker-Hut statt Helm. Kevin lehnt die Leiter aus Frau Sommers Schuppen an die Hauswand. Sie ist viel zu kurz. Neben dem Haus steht ein Baum. Sein dicker Ast ragt bis neben den Giebel. Hinter dem Schleier aus Fliegenstoff grinst Sharif breit.

Natürlich hat der tote Paul Sommer auch Seile im

Angebot. Eines davon bindet sich Sharif um Brust und Bauch. Ein anderes hängt an der Hose.
In ein paar Sekunden ist Sharif auf dem Baum. Seine Hände greifen immer richtig. Seine Füße finden überall Halt. Vorsichtig zieht er sich über den Ast, der zum Giebel führt. Im Sitzen, Stück für Stück. Er knotet das Seil um den Ast. Dabei summt er eines der Lieder aus seiner Playlist im Kopf.

„Was jetzt?", ruft er. Ich lasse in meinem Kopf das Video darüber ablaufen, wie man Wespen umsiedelt. Natürlich wäre es leichter, wenn ich es tatsächlich sehen könnte. Aber Frau Sommer hat keine moderne Technik. Sie schreibt Briefe mit der Hand. Ihr Telefon hängt an der Wand. Zum großen Hörer führt ein geringeltes Kabel. So wie die Haargummis, die die Mädchen heute als Armband tragen.

„Jetzt musst du das Nest vorsichtig mit dem Spachtel lösen." Sharif schiebt das flache Werkzeug zwischen Nest und Hauswand. Es kratzt. Ein Schwarm Wespen schießt raus. Sharif kommt ins Schwanken.

„Oh Gott!", ruft Frau Sommer.

Kevin sagt: „Keine Sorge. Der schafft das."

Sharif fängt sich wieder. Er schabt.
„Da geht viel von der Hülle ab", ruft er.

„Das macht nichts", sage ich. „Das bauen die Wespen schnell wieder auf. Wichtig ist nur, dass die Waben innen ganz bleiben. Da sitzt die Königin."

Hier unten steht ein Kasten bereit. Ein sogenannter Wespenwechsler. Den mussten wir auch noch bauen. Eine alte Holzkiste, in die das Nest kommt. Aufgespießt auf zwei Schrauben. Wenn es drin ist, montieren wir einen Deckel. Am Ziel wird er ein bisschen gelöst. Sodass Wespen rein und raus können, aber keine Vögel.

Nach ein paarmal Schaben hat Sharif das Nest in der Hand. Jetzt sieht es aus wie ein Salatkopf, an dem Blätter runterhängen. Er nimmt das zweite Seil aus dem Gürtel und wirft es runter. Wir knoten den Wespenwechsler daran.

Frau Sommer staunt: „Unglaublich. Und ihr seid wirklich erst 13?"

Bina sagt: „Der Mensch ist nur so alt wie das, was er sich zutraut."

Sharif lässt den Wespenwechsler mit dem Nest darin zu uns herunter. Dann hebt er beide Hände und jubelt. „Preiset den Herrn der Wespen!" Jetzt verliert er wirklich das Gleichgewicht. Er stürzt vom Ast. Bina schreit. Frau Sommer schluchzt. Sharif greift sein Sicherungsseil. Einen Meter unter dem Ast bleibt er hängen. Der Baum ächzt, aber er hält. Sharif baumelt wie ein Fallschirmspringer, der sein Ziel verfehlt hat.

Wir bringen das Nest in den Wald und zurren es an einer Fichte fest. Als wir zurückkehren, hat Frau Sommer einen ganzen Berg Zitronen ausgepresst und Limonade gemacht. Sie holt eine kleine Geldkassette. „Das ist mein Notgroschen", sagt sie. In den Fächern liegen ein paar Münzen und drei Scheine. Wie altes Laub im Herbst. Bina sieht uns an. Wir verstehen uns wortlos.

„Das ist alles, was Sie gespart haben?"

„Ich habe nur eine kleine Rente. Wie gesagt, Paul war Anstreicher. Das Haus ist mein ganzer Besitz. Ach, ihr Engel. Ich kann endlich wieder im Garten sitzen." Sie zieht am ersten Schein. Bina legt ihre Hand auf die von Frau Sommer.

„Das geht nicht. Wir nehmen Ihnen nicht Ihr letztes Geld."

„Aber ihr müsst doch ans Meer."

„Ja, aber nicht so", antwortet Bina. Frau Sommer denkt nach. „Kommt mit."
Sie führt uns ums Haus herum und biegt einen Strauch beiseite. Auf brüchigen Bodenplatten stehen alte Fahrräder.

„Paul hat jedes Rad mitgenommen", sagt Frau Sommer. „Wenn eines auf der Straße lag oder im Sperrmüll. Er sagte immer: Die haben doch ein Leben. Die wollen doch was sehen von der Welt."

Ich frage: „Funktionieren die?"

Frau Sommer sagt: „Ich denke, eure Mechanikerin wird es herausfinden."

Kapitel 13
Der Höllenhund

Bina hat die Räder flottbekommen. Sie triefen vor Schmieröl und sind wirklich klapprig. Als sie neu waren, hat man Nummern am Telefon noch mit einer Wählscheibe eingegeben. Trotzdem fahren wir schnell. Jeder Meter bringt uns dem Ziel näher. Noch nie im Leben hat sich etwas so sinnvoll angefühlt.

Nur ganz selten halten wir an, trinken etwas Limo und essen eines der Brote. Frau Sommer hat uns einen ganzen Haufen geschmiert. Unser Proviant steckt in Paul Sommers altem Rucksack. Wir nehmen ihn abwechselnd, außer Bina natürlich, da sind wir Gentlemen. Sie ist taff, freut sich aber über unser nettes Verhalten.

Danach fahren wir weiter. Langsam mischt sich dunkle Tinte in den Himmel.

Als meine Kette reißt, kriege ich das nicht mit. Erst, als ich über den Lenker stürze und mit dem Arm aufschlage. Das grob gekörnte Gestein schält mir die Haut von der Hand und dem Ellbogen. Kevin schreit. Bina und Sharif lassen ihre Räder liegen.

„Sam!"

Ich ächze. Scheiße, tut das weh.

Bina legt die Arme um meine Schultern: „Sam, geht es dir gut? Nicht bewegen." Sie tastet meine Stirn ab. Meinen Hals. Meine Brust.
Das darf gerne so weitergehen. Doch die abgeschürfte Haut brennt.

„Ist okay", sage ich. „Mir fehlt nichts."

„Alter", haucht Sharif. „Da kriegt man ja einen Herzinfarkt!"

Bina geht zu meinem Rad. „Im Eimer. Da kann ich auch nichts mehr machen."

Kevin sagt: „Ich nehme dich auf den Gepäckträger."

Soll ich vorschlagen, dass Bina und ich auf einem Rad fahren? Dann strampele ich und sie hält sich an mir fest. Ihre Hände um meinen Bauch. Ihr Kopf auf meinem Rücken. Doch als ich aufstehe, tut alles weh. Ist wohl doch besser, wenn ich mich fahren lasse.

„Wir müssen diese Wunden reinigen", sagt Bina. „Eigentlich bräuchten wir Alkohol. Zum Desinfizieren. Und Salbe."

Ich erinnere mich an etwas, das ich in einem Buch gelesen habe. „Haben wir noch ein Brot mit

Honig?", frage ich. Kevin gibt es mir. Ich öffne die dicke Stulle und schmiere mir den süßen Saft auf die bösen Stellen.

Ich erkläre: „Honig wirkt gegen Bakterien. Und gegen Entzündungen."

Es grollt. Regen setzt ein. Dicke, massige Tropfen. Wie kleine Ohrfeigen. Es blitzt. Nach acht Sekunden kommt der Donner.

„Scheiße", sage ich.

„In den Wald", sagt Bina.

„*In* den Wald?", jault Sharif. „Bei Gewitter muss man *weg* von Bäumen!"

Bina zeigt in die Landschaft. Auf den Feldern stehen Strommasten und einzelne Bäume. In der Nähe dreht sich ein Windrad.

„Der Blitz schlägt immer in den höchsten Punkt ein. Von da aus breitet sich das elektrische Feld aus. Willst du auf offener Flur gebraten werden, weil in die Masten da ein Blitz einschlägt? Im tiefen Wald ist wenigstens alles ungefähr gleich hoch."

Es blitzt erneut.

„Leute, wir müssen was tun", sage ich.

„Es ist alles gleich scheiße!", ruft Bina. Sie wirkt verzweifelt.

Kevin schluchzt: „Das wollte ich alles nicht."

Schließlich rennen wir in den Wald. Der Donner brüllt wie ein wütendes Tier. Ein Höllenhund, groß wie drei Hochhäuser.

„Da!" Ich zeige auf eine Stelle, die uns retten kann. Eine Kuhle hinter einem Wall. Wir kriechen hinein. Gestrüpp hängt über der Kante. Der nächste Donner lässt den Wald erzittern. Wir schreien. Ich greife nach Binas Hand. Sharif greift nach Kevins. So hocken wir da. Im Auge des Sturms.

„Wenn das unser Ende sein sollte", brüllt Sharif, „dann sollt ihr wissen, dass ich finde – es hat sich gelohnt!"

Der Höllenhund brüllt. Ein Blitz schlägt ganz in der Nähe ein. Holz splittert.

Während der Himmel tobt, wird es Nacht. Der Regen hat den Honig von meinen Wunden gewaschen. Die lange Radfahrt steckt uns in den Knochen. Als es still wird, schlafen wir ein, die Köpfe auf den Schultern des anderen. Noch nie zuvor waren wir so müde. Wir können nichts dagegen ausrichten.

Kapitel 14
Der wahre Dünenkönig

Ich wache als Erster auf. Es ist gerade erst hell geworden. Von dem Vorhang aus Gestrüpp über dem Rand der Kuhle tropft es. Binas Kopf liegt auf meiner Brust. Sie öffnet die Augen.

„Hi", sage ich.

„Hi", flüstert sie.

Ich möchte sie küssen. Hier und jetzt. Schöner geht's nicht. Doch neben uns liegt Kevin auf Sharif und sabbert ihm die Schulter voll.
Wir stehen leise auf und klettern hinaus. Die Luft riecht nach feuchtem Holz, faulen Pilzen und einem Hauch Salz.
Moment mal. Ein Hauch Salz?
Die ersten Vögel zwitschern. Ein sanfter Wind

rauscht in den Wipfeln. Aber da rauscht noch was anderes.

„Hörst du das?", frage ich.

Bina zuckt mit den Schultern.

In der Kuhle erwacht Sharif: „Kevin, du Ferkel."

Ich mache einen Schritt nach vorn. Ganz klar. Es riecht nach Salz! Und es rauscht anders als Blätter.

„Äh … Leute? Leute!"

Ich laufe los, auf das Rauschen zu. Schnell öffnet sich der Wald. Ich gelange auf einen Weg, auf den Sand geweht wurde. Das Rauschen kommt von hohem Strandroggen. Die langen Gräser wiegen sich im Wind. Der Weg führt direkt auf eine Düne zu. Wo der Weg die Düne schneidet, bleibe ich stehen und schaue ... aufs Meer!

Bina hält neben mir an. Kevin und Sharif stolpern hinzu.

Bina sagt: „Als deine Kette gerissen ist, waren wir schon fast da ...“

Kevin geht an uns vorbei. Der Sand knirscht unter seinen Sohlen. Ein paar Möwen segeln über uns hinweg. Es ist so früh am Morgen, dass nicht mal Jogger unterwegs sind.

Kevin glitzern Tränen in den Augen.

Dann rennt er los, bis er das Wasser erreicht, reißt sich die Schuhe von den Füßen und das T-Shirt vom Leib – und springt hinein. Für zwei Sekunden bleibt er verschwunden. Schließlich taucht sein Kopf wieder auf.

„Ach du Scheiße", brüllt er, „ist das kalt!!! So unfassbar kalt. Und geil!"

Wir schauen uns an, an der Nordsee, um halb sechs morgens. Wir haben keine Klamotten zum Wechseln und keine Handtücher. Ich habe Wunden. Aber wir folgen Kevin ins Wasser! Er hat recht. Die Kälte sticht wie tausend Nadeln. Aber es sind die tollsten Nadeln, die ich jemals gespürt habe. Das Meer überwältigt all meine Sinne. Ich rieche, höre, fühle und schmecke auf Anschlag. Kevin umarmt uns in den Wellen: „Danke, Leute. Danke!"

Nach unserem Bad merken wir: Das war nicht durchdacht. Wir zittern wie Espenlaub. Ich zeige zu ein paar fernen Häusern: „Vielleicht sind das Hotels."

Ich habe recht. Schon das erste Gebäude ist ein Gasthaus. Hinter den Fenstern sitzen ein paar Menschen und frühstücken. Mit den Zähnen klappernd, stolpern wir zum Empfang. Er ist nicht besetzt. Endlich dürfen wir unsere Erschöpfung zulassen.

Ein Gast kommt aus dem Frühstücksraum. Er hat uns wohl schon durchs Fenster gesehen. Er ruft in das Büro hinter dem Empfang. „Hallo? Wir brauchen hier Hilfe!"

Ein Mann mit Brille tritt aus dem Büro. Seine Haare trägt er am Kinn und an den Schläfen, aber nicht auf dem Kopf. Hinter ihm erscheint seine Frau. Sie hat Sommersprossen und grüne Augen. Ihre roten Haare fließen ihr über die Schultern bis weit auf den Rücken.

„Was ist euch denn passiert?", fragt der Mann.

„Die brauchen einen Notarzt", sagt die Frau.

Ich sage mit letzter Kraft: „Wir haben Kevin ans Meer gebracht. Und keiner darf davon wissen.

Also bitte keinen Notarzt. Nur etwas Trockenes und vielleicht etwas Wärme."

Was soll ich sagen? Die beiden sind unglaublich. Sie haben uns ein Zimmer aufgeschlossen. Wir können heiß duschen. Aus ihrem Fundbüro haben sie Erwachsenen-Klamotten für uns rausgesucht, solange unsere trocknen. Wir stecken darin wie in Säcken, als wir frühstücken. Bina schmiert sich das dritte Marmeladenbrötchen, als ich mit Erzählen fertig bin. Die Rothaarige und der Kinnbart sitzen am Tisch. Sie haben gebannt zugehört. Sogar mitgeschrieben. Ihnen gehört das Hotel. Sie heißen Ole und Stina.

„Am Dienstagabend müssen wir spätestens wieder zu Hause sein", sage ich. „Also brauchen wir Geld für ein Zugticket. Aber uns lässt keiner arbeiten."
„Ihr wollt dafür arbeiten?", fragt Stina.

„Sicher", schmatzt Kevin. „Wir können sogar Wespen umsiedeln."

Stina sieht ihren Mann an. Sie sagt: „Es gibt eine Menge hier zu tun."

„Und Sie würden uns das machen lassen?", frage ich.

„Sicher", sagt Ole. „Aber das Zimmer geht aufs Haus."

„Wie kann das sein, dass Sie so entspannt sind?", frage ich.

Stina legt den Arm um Ole: „Es gibt nichts Besseres, als hier zu sein. Bei den Möwen. Den Dünen. Mehr geht nicht."

Stina und Ole haben nicht zu viel versprochen.

Sie haben richtig Arbeit für uns. Tagsüber räumen Bina und ich den Keller auf und reparieren lose Schubladen. Sharif klettert aufs Dach. Er reinigt die Rinnen und holt altes Moos von den Schindeln. Stolz blickt er aufs Meer, das Seil um die Hüfte. Als hätte er das Haus erlegt. Wie einen gigantischen Wal. Er ruft:

„Dieses kleine Gasthaus hier – das ist der wahre Dünenkönig!"

Kevin hilft in der Küche. Abends würden wir gerne noch kellnern, aber das dürfen wir nicht. Manchmal sind Leute vom Amt zu Gast. Die würden Fragen stellen. Also haben wir frei. Im Mondlicht gehen wir an den Strand. Sharif erzählt Kevin Geschichten, und er muss raten, welche gelogen ist. Bina und ich schlendern abseits. Wir sind barfuß. Das Meer spült Gischt zwischen unsere Zehen. Auf unserer Reise haben wir schon oft unsere Hände gehalten. Aber immer nur aus Angst. Jetzt schiebt sie ihre Finger zwischen meine. Obwohl es nicht donnert und keine Insekten schwirren.

Sie schaut rüber zu den lachenden Jungs.

„Das haben wir gut gemacht", sagt sie.

„Ja, haben wir."

„Was wir wohl noch alles könnten?", fragt sie.

Dann finden sich unsere Lippen im Mondlicht und mein Herz wird so weit wie das Meer.

Kapitel 15
Die Postkarte

Bevor wir am nächsten Tag fahren, gehen wir
ins Wattenmeer. Das muss Kevin noch erleben.
Wenn bei Ebbe der Meeresboden frei liegt, stapft
man barfuß durch Sand und Schlick. Auf dem
Rückweg zum Strand sehen wir ein paar Leute
auf uns zukommen. Sechs Erwachsene und einen
kleinen Jungen. Der kleine Junge tut so, als ob
er ein Gewehr hält. Dann zuckt er, als träfen ihn
Schüsse.

So was macht nur ein einziger Junge. Sharif wird
blass. Kevin stolpert über seine Füße.

Der kleine Soldat ist Mehdi. Und die sechs
Erwachsenen sind unsere Eltern. Alle.

„Wie kann das denn sein?", sagt Bina. „Sind wir etwa schon gechipt?" Sie fasst sich in den Nacken.

Kevin hustet.

„Was?", fragt Bina.

„Na ja, ich habe eine Postkarte geschickt. Von diesem Campingplatz am See, der kein Meer war. Am Samstag."

Sharif tobt: „Was? Wie bekloppt kann man sein?"

„Eine Postkarte", sagt Kevin. „Hallo? Papier und Briefmarke? So was dauert doch eigentlich ewig!"

„Sie ist wohl schon heute Morgen angekommen", sage ich.

Unsere Eltern erreichen uns.

„Was denkt ihr euch eigentlich?"

„Wie könnt ihr uns so belügen? So haben wir
euch nicht erzogen!"

Ich frage: „Wie habt ihr uns denn gefunden?"

Mein Vater sagt: „Wir waren auf dem
Campingplatz, von dem die Karte kam. Ein paar
Surfer haben gesehen, wie wir suchen. Sie haben
uns gesagt, welche Orte sie euch empfohlen
haben. Aber lenk nicht ab von euren Untaten!"

„Von unseren *Untaten*?", schimpfe ich. „Was
für Untaten denn? Wir haben Kevin ans Meer
gebracht. Das erste Mal im Leben! Uns ist ein
Baum vor den Zug gefallen. Wir sind ausgeraubt
worden."

Meine Mutter japst: „Ihr seid was?"

Ich rede einfach weiter: „Wir haben im Wald übernachtet. Feuer gemacht. Ein Wespennest versetzt. Wir waren tagelang unterwegs. Für etwas, das euch bloß drei Stunden mit dem Auto kostet!"

Meine Wutrede wirkt.
Kevins Mutter sieht ihren Sohn traurig an. Traurig und froh. Binas Vater legt den Kopf schief.

Ich sage: „Wenn wir abhauen, habt ihr plötzlich Zeit. Wieso habt ihr uns nicht gleich zugehört? Wieso hört ihr euch selbst nicht zu? Euren Herzen? Wenn ihr das Schöne im Leben immer nur morgen macht, gibt es niemals ein Heute. Geht da wirklich nicht mehr?"

Kevin schaut seine Mutter an. Er sagt: „Mama. Es tut mir leid. Sei nicht böse. Aber die drei hier – das sind die besten Freunde, die ich jemals hatte."

Jetzt kann Kevins Mum nicht mehr. Sie weint.

Sie umarmt ihn. Endlich sind beide am Meer.
Meine Eltern schütteln die Köpfe. Sharifs Vater
guckt, als wolle er sagen: „Respekt!" Kann er
natürlich nicht. War ja verboten, das alles.

Binas Papa sagt: „Ich würde sagen, wenn wir
schon mal hier sind, bleiben wir noch. Aber
Hausarrest gibt es. Bis ihr 18 seid."

Kapitel 16
Die Tarantel in der Umkleide, Teil 2

„Nein. Geht nicht da rein!"

Sharif presst sich mit dem Rücken gegen die Tür der Kabine. Die Pfingstferien sind vorbei. Für uns waren sie wie Jahre.

Kevin sagt: „Komm schon. Der Gag ist abgelaufen."

„Dieses Mal ist die Spinne wirklich da drin", keucht Sharif.

Kevin lacht: „Ja, sicher."

„Alter, wir sind gemeinsam durch den Donner gegangen. Dieses Mal verarsche ich dich nicht. Vielleicht habe ich die Riesenspinne angezogen. Durch meine Gedanken neulich. So wie der Mann im Zug es gesagt hat."

Kevin schiebt Sharif zur Seite.
Er öffnet die Tür.

Bevor er reingeht, sagt er: „Das nächste Mal wieder, ja?"

Die Tür schließt sich.
Sharif sieht mich entsetzt an.
Von drinnen aus der Sportumkleide ertönt ein langer, lauter Schrei.

Dieses Buch wurde von Kindern für Kinder getestet.

Ebenfalls lieferbar:
„Meer geht nicht" im Unterricht
in der Reihe *Lesen – Verstehen – Lernen*
ISBN 978-3-407-72002-3
Beltz Medien-Service; Postfach 10 05 65, 69445 Weinheim
Download: www.beltz.de/lehrer

© 2020 Gulliver
Verlagsgruppe Beltz
Werderstraße 10, 69469 Weinheim
service@beltz.de
Alle Rechte vorbehalten
Lektorat: Elisabeth Gayer
Neue Rechtschreibung
Einbandgestaltung und Innenabbildungen: Cornelia Niere
Herstellung: Jasmin Kerstner
Druck und Bindung: Beltz Grafische Betriebe, Bad Langensalza
Beltz Grafische Betriebe ist ein Unternehmen mit finanziellem
Klimabeitrag (ID 15985-2104-1001).
Printed in Germany
7 8 9   27 26 25

Der Inhalt dieses Buches ist auf 100% Recyclingpapier gedruckt.

Weitere Informationen zu unseren Autor:innen und Titeln
finden Sie unter: www.beltz.de

Dorfromantik trifft K-Drama

Oliver Uschmann /
Sylvia Witt

Luftküsse aus Korea

Gebunden, 88 Seiten
Gulliver (82457)

Kleo lebt im langweiligsten Dorf der Welt. Viel lieber
wäre sie in Korea, denn sie schwärmt für K-Dramen.
Leons Herz schlägt schon seit den Sandkastentagen für
Kleo. Aber die hat nur ihren Lieblingsstar Jung-hoo im
Kopf. Als ein Mann im Dorf auftaucht, der Jung-hoo
zum Verwechseln ähnlich sieht, fahren Kleos Gefühle
Achterbahn – und Leons gleich mit!

Eine äußerst unterhaltsame und schräge Komödie
über Starkult, Dorfromantik und erste Liebe.

GULLIVER   www.superlesbar.de
www.beltz.de